**저 밖에
신이 있다고 한들**

**dot.21**                      **고호관**

---

# 저 밖에
# 신이 있다고 한들

아작

toc.

**프롤로그** ___ 7

**1** ___ 12

**2** ___ 44

**3** ___ 102

**4** ___ 134

**5** ___ 149

**에필로그** ___ 169

**작가의 말**  173

## 프롤로그

 바닥에 쓰러져 꿈틀거리는 네베레트의 목에서 피가 꿀렁거리며 흘러나왔다. 요한이 그 모습을 내려다보며 기다리자 얼마 뒤 모든 움직임이 멈췄다. 가슴 깊숙한 곳에서 치솟아 오르던 충동이 서서히 가라앉으면서 마음이 차분해지기 시작했다.

 천구의 별들이 알려주는 치명적인 죽음을 피하려고 홀로 집 안에 틀어박혀 있던 게 오히려 예언이 현실이 되도록 도왔다는 건 얄궂은 운명이 아닐 수 없었다.

 "어리석어."

요한은 나직하게 읊조리며 칼을 시체 옆에 아무렇게나 떨구고, 바닥을 적신 피를 밟지 않도록 조심하며 방 안을 둘러보았다.

불한당 무리가 주인이 한동안 비운 듯 보이는 이 집을 털기로 작당했다는 사실을 알게 된 건 행운이었다. 네베레트의 죽음은 불운한 빈집털이 패거리의 소행이 될 터였다. 놈들은 아마 시체를 보자마자 까무러쳐서 달아나겠지만, 요한은 이미 마을에 은밀한 암시를 흘려놓았다.

침입자가 오기까지는 아직 시간이 있었다.

조금 전 네베레트가 요한을 보고 놀라서 벌떡 일어나기 전까지 앉아 있던 책상 위에는 편지 몇 통과 읽고 있던 책이 어지럽게 흩어져 있었다. 그중에 요한의 관심을 끄는 건 없었다.

책상 위에 놓여 있던 등불을 들고 한쪽 벽에 있는 책장을 비춰보았다. 대중서, 시집, 신학 서적, 천문학 서적 등이 듬성듬성 꽂혀 있었다. 그 안에서 뒤 바르타스\*의 《일주일, 혹은 천지창조》를 발견하

---

\* 16세기 프랑스의 시인으로, 종교적인 시로 이름을 알렸다.

자 또다시 욕지기가 치밀었다. 가능하면 언젠가 그자를 죽이러 가야겠다고 마음먹었다. 사실 네베레트 같은 대단치 않은 대중작가 따위를 처단하는 건 성에 차지 않았다.

오랜 세월 동안 요한을 괴롭히고 조종하던 충동의 근원은 여전히 알 수 없었다. 그로부터 도망가기 위해 평생 세상을 떠돌며 다니며 온갖 사람을 죽이고 다녔어도 달라지는 건 없었다.

한 가지 깨달은 건 있었다. 요한이 살인 충동을 느끼는 대상은 주로 보수적인 인물이었다. 세상을 바라보는 시야가 좁고 변화를 거부하는 작자들.

네베레트도 그런 족속이었다. 코페르니쿠스의 이론을 조롱하는 내용이 담긴 네베레트의 책을 접한 요한은 끓어오르는 충동을 참을 수 없었다. 사실 뒤바르타스나 멜란히톤*처럼 죽여버리고 싶은 마음이 더 강한 사람들이 있었지만, 몸을 숨기고 조용히 살아야 하는 처지다 보니 이름이 높은 유명 인사는 건드리지 못하고 네베레트 같은 시시껄렁한 인물에 만

---

\* 16세기 독일의 신학자이자 종교개혁가

족해야만 했다.

하지만 그런 작은 인물이라도 충동을 가라앉히는 데는 도움이 되었다. 사실 평범한 사람이 누가 《천구의 회전에 관하여》* 같은 어려운 책을 직접 읽어보겠는가? 대부분은 네베레트 같은 사람이 쓰는 천박한 조롱과 비아냥을 통해 코페르니쿠스의 이론을 접할 뿐이었다.

다만 진보적이라고—신학적으로나 철학적으로나—평가받은 여러 인물이 이런 면에서는 보수적인 태도를 취하는 건 이해가 되지 않았다. 세부 사항에는 얼마든지 반론이 가능하고, 요한도 그에 관해서는 별다른 거부감 없이 흥미롭게 지켜보는 편이었다. 하지만 전체적인 그림에 무턱대고 반대하는 모습은 정말 참을 수가….

"응?"

책장을 둘러보던 요한의 눈에 처음 보는 책이 눈에 띄었다. 간단히 살펴보는 것만으로 눈살이 찌푸려졌다. 저자의 이름을 보니 아까 책상 위에 있던 편

---

* 니콜라우스 코페르니쿠스가 쓴 태양중심설에 관한 책, 1543년 출간

지에 쓰여 있던 것과 같았다. 네베레트와 비슷한 부류의 작가인 모양이었다.

'끼리끼리 놀고 있었군.'

가라앉았던 충동이 다시 치밀어오르기 시작했다. 이런 부정적인 관념의 재생산을 막아야 했다.

쿵.

아래층에서 뭔가 부딪히는 소리가 들렸다. 밤손님들이 조금 일찍 오기로 한 듯했다. 집 안에 이미 일을 마친 숙련된 암살자가 있다는 사실은 꿈에도 모른 채 어둠 속으로 기어들어오는 건달들에 관해 잠시 생각해보았지만, 그런 무지렁이에게는 아무런 감정도 느껴지지 않았다.

다시 한번 충동의 근원을 고민하던 요한은 한숨을 내쉰 뒤 책을 품속에 집어넣고, 반대쪽을 이용해 네베레트의 집을 빠져나갔다.

# 1

*가늘게 뜬 눈으로 빛이 들어온다. 그저 하얀 빛뿐 아무런 형체도 식별할 수 없다. 몸을 움직이려고 해도 마치 의식만 둥둥 떠 있는 듯 아무런 느낌이 없다. 그 의식조차도 온전하지 않다. 빛은 가물거리며 다시 사라진다.*

★

이 세상에 태어날 때의 기억은 없었다. 누구나 마찬가지라고 하겠지만, 그건 몰라서 하는 이야기다.

처음 눈을 뜬 건 너른 들판 어딘가에 벌거벗고 누

운 채였다. 제대로 된 의식이 있다고 하기 어려웠다.

어느덧 정신이 들고 보니 비슷하게 생긴 이들과 무리를 지어 살고 있었다. 도구를 만들고, 옷을 지어 입고, 집을 짓고, 작물을 키우고, 사냥을 했다. 매일 생존의 위기를 겪는 단조로운 삶이었다.

정신이 들기 이전의 기억은 없었다.

모두가 그랬지만, 아무도 그에 대해 진지하게 생각하지 않았다. 시간이 지나면서는 아예 의미가 없어졌다.

*

*다음에는 진전이 있다. 눈을 뜨자 희끄무레한 배경에 얼룩덜룩한 형체가 움직여 다니는 게 보인다. 의식은 좀 더 또렷해지지만, 몸에는 여전히 아무런 느낌이 없다.*

*청력도 살아나는 것 같다. 잡음 같은 소음을 배경으로 웅얼거리는 말소리가 들린다. 아직 알아들을 수는 없다.*

*어느 정도 정신이 들자 오랫동안 자신을 지배했던 충동에 생각이 미친다. 무슨 충동이었는지도 기*

억나지 않을 정도로 아득하지만, 미약한 의식을 그쪽으로 집중한다.

아무 느낌이 없다.

사라진 걸까?

속단할 수 없다.

잠깐의 생각에 급격히 피곤해져서 다시 눈을 감아버린다.

★

첫 번째 살인을 저지른 건 '산 사이로 부는 바람'이라는 의미를 지닌 이름으로 불리던 시절이었다.

지금은 카스피해라 부르는 내해 북동쪽의 평야에 자리 잡은 한 부족에서 지내면서 '매의 눈'이라는 이름으로 불리던 한 청년과 가깝게 어울리고 있었다.

"하늘은 말이야, 어떻게 생겼을까?"

어느 한가한 날 함께 초원에 누워 한가롭게 흘러가는 구름을 쳐다보던 '매의 눈'이 무심하게 말을 꺼냈다. '매의 눈'은 대답을 기다리지도 않고 자기 생각을 펼쳐놓았다.

"아마 땅과 같은 모양이겠지? 하늘을 끌어내리거

나 땅을 높일 수 있다면 똑같이 맞닿을 거야."

"어디 하나 어긋나는 데 없이?"

"그렇겠지. 있다면 이상하지 않겠어? 땅이 없는 하늘이나, 하늘이 없는 땅이 있다면 말이야."

'바람'은 그게 어떤 풍경일지 상상해보려고 했다.

"그러면 하늘과 땅이 같은 곳에서 끝난다는 소리겠지?"

"물론이지. 분명히 그럴 거야."

하지만 '바람'은 마음 한구석이 어딘가 불편했다.

얼마 뒤 소를 몰고 가던 '바람'은 '매의 눈'과 이야기하던 중 다시 그 주제를 꺼냈다.

"근데 말이야, 하늘은 어떻게 떠 있는 걸까?"

"응?"

"하늘은 왜 떨어지지 않느냐고."

"그거야, 산이 받치고 있기 때문이지. 세상에서 가장 높은 산꼭대기에 올라가면 하늘을 만질 수 있을 거야."

'바람'은 저 멀리 보이는 산을 바라보았다. '매의 눈'이 '바람'의 시선을 쫓아가더니 고개를 흔들었다.

"저 산은 아니야. 훨씬 더 높은 산이라고. 하늘을

봐. 아주 높아 보이잖아? 그 정도로 높은 산이 있어. 어디서는 엄청 높은 나무가 하늘을 떠받치고 있다고도 그러던데, 그건 못 믿겠어. 나무가 그렇게 높을 리 없잖아. 산이 틀림없어."

"그 산은 어디 있는데?"

"세상의 중심에."

"세상의 중심이 어딘데?"

'매의 눈'은 고개를 흔들었다.

"그거야 나도 모르지. 아마 북쪽에 있지 않을까? 밤에 별을 보면 북쪽의 어느 점을 중심으로 도니까 말이야."

"중심이 있어서 빙글빙글 돈다면, 세상은 둥근 모양인 걸까?"

'바람'이 소몰이에 쓰던 막대기로 땅에 원을 그리며 물었다. '매의 눈'은 곤혹스러운 표정을 지었다.

"글쎄. 빙빙 돈다고 꼭 둥글어야 한다는 법은 없잖아. 네모나면서 돌 수도 있겠지."

'바람'은 잠시 생각에 잠겼다.

"그러면 꼭 둥글거나 네모날 이유는 없겠네? 세모거나 삐쭉삐쭉한 모양일 수도 있고."

"응. 아니면 모양이 없을 수도 있겠지. 온 사방으로 끝없이 펼쳐져 있는 거야. 하늘이나 땅이나."

"끝없이?"

"그래. 끝없이. 가도 가도 산과 들과 강이 나오겠지."

'매의 눈'이 농담처럼 웃으며 말했다. '바람'은 끝이 없는 세상이라는 개념에 강렬한 흥미를 느꼈다. 터무니없다는 생각이 들었지만, 매력적이었다.

그 뒤로 '바람'은 세상의 모양에 관해 더욱 탐구하고 싶었지만, 유목민의 삶은 그렇게 여유 있지 않았다.

'바람'이 소와 양을 치거나 아이들에게 활쏘기를 가르치면서 틈틈이 세상의 모양에 관해 이야기하던 모습을 목격한 족장의 맏아들 '용맹한 곰'은 눈살을 찌푸렸다. '용맹한 곰'은 '바람'을 마음에 들어 하지 않았다. 외부인이면서 사냥이나 싸움 등 거의 모든 일에 능해서 사람들에게 칭송받는 모습이 눈꼴시었으리라.

강추위가 몰아치던 어느 해 겨울이 끝나가던 무렵 먹을 게 떨어지자 부족은 '용맹한 곰'의 부추김을 받아 이웃 부족과 싸움을 벌였다. 그 싸움에서 '매의 눈'은 목숨을 잃었다. '바람'은 커다란 상실감을 느꼈다.

'용맹한 곰'은 더는 못 참겠다는 듯이, 부족을 모아놓고 쓸데없는 생각에 빠져 당장 중요한 문제에 대처하지 못하고 있다며 질책했다. 그리고 누구든 의미 없는 망상에 빠져 부족의 일에 소홀하다면, 쫓아내서 늑대 밥이 되게 만들겠다고 말했다. 그 말을 하는 내내 시선이 '바람'을 향하고 있었다.

그날 밤 '용맹한 곰'은 '바람'을 따로 불러내 젊은 이들에게 더는 허튼소리를 불어넣지 말라고 경고했다. 생각 같아서는 쫓아내고 싶었겠지만, 이번 싸움에서도 알 수 있듯이 '바람'은 쓸모가 많은 존재였다.

"이방인이여, 우리는 그대를 환영하고 우리의 일원으로 받아주어 걱정 없이 살 수 있게 해주었다. 그렇다면 우리에게 보답을 해야 하지 않겠나? 더 이상 땅의 끝이 있는지 확인하러 가자는 등의 이야기는 하지 말도록. 우리 영역이 어딘지는 너도 잘 알고 있지 않은가? 더 멀리는 이웃 부족의 영역까지도. 그 이상은 의미 없어. 그 너머를 생각하는 건 아무 도움도 안 돼. 우리가 아는 땅은 거기까지가 끝이야. 더 이상 괴이한 말로 어린아이들을 현혹한다면 가만두지 않겠다."

'용맹한 곰'이 모든 결정을 내렸다는 듯이 말하고 돌아서자, '바람'은 처음으로 심원한 충동의 발원을 느꼈다.

정신을 차려 보니 떨리는 손에는 피가 묻은 돌이 들려 있었다.

그 길로 '바람'은 부족을 떠났다.

★

손끝에 감각이 돌아온다. 아직은 손가락 정도만 움직인다. 웅웅거리는 기계음 외에는 아무 소리도 들리지 않는 게 아무도 없는 모양이다.

눈을 뜨고 좌우를 살핀다. 불빛은 있지만 어두침침해서 잘 보이지 않는다. 아니, 잘 보이지 않는 건 시력이 완전하게 회복되지 않아서일 수도 있다.

처음 의식을 되찾은 뒤로 시간이 얼마나 지났을까?

깨어나자마자 마음 깊숙한 곳의 충동에 관해 생각했던 기억이 난다.

그게 그렇게 중요한 사안인 것일까?

충동, 흥분, 자극, 몰아댐, 끓어오름…, 정확히 뭐라고 표현해야 할지 알 수 없는 미지의 힘.

*삶의 임페투스.*[*]

*한때 그 힘을 그렇게 불렀던 적도 있다.*

*영문은 모르겠으나 왠지 거기서 벗어나고픈 생각에 괴로워진다.*

*잠시 후 오랫동안 쌓인 기억이 조금씩 돌아오기 시작한다.*

★

'바람'은 수백 년을 살면서 자신에게 또 다른 능력이 있다는 사실을 알게 되었다. 오랫동안 한곳에 머물다 보면, 서서히 주변 사람들과 비슷한 외모로 변해간다는 점이었다.

아마도 이곳저곳을 떠돌며 살아도 자연스럽게 어울릴 수 있게 하기 위한 안배일 터. 도대체 '바람'은 무슨 이유로 창조된 걸까?

부족을 떠난 뒤 처음에는 북쪽으로 향하려 했다. 그곳에 있을지도 모를 세계의 중심을 두 눈으로 보고 진정한 세상의 모습을 사람들에게 알리고 싶었기

---

[*] 중세물리학에서 물체의 운동을 나타내는 값의 일종으로, 운동량의 원시적 개념

때문이다.

그러나 아무리 강인한 몸을 지녔다고 해도 홀로 초원을 떠도는 건 힘들고 위험한 일이었다. 결국 북쪽에서 불어오는 삭막한 찬바람에 밀려나 남쪽을 거쳐 서쪽으로 떠돌았다.

여러 곳을 떠돌며 '바람'은 여인을 만나 가정을 꾸려본 적도 있었다. 하지만 늙지 않는 외모가 들통나기 전에 가정을 버리고 떠나야만 했다. 먼발치서 아내와 자식이 늙어 죽는 모습을 보는 건 고통스러운 경험이었다. 자신의 씨를 받은 자식도 불로불사라는 능력을 물려받지는 않는 모양이었다. '바람'은 결국 누군가를 사랑하는 일을 그만두었다.

나이를 먹지 않는다는 사실을 들키지 않도록 끊임없이 집단을 옮겨 다니며 사는 건 성가셨지만, 그게 마냥 싫지만은 않았다. 오랜 세월 동안 수많은 사람을 거치며 세상의 모양에 관한 다양한 이야기를 들을 수 있었기 때문이다.

가령 어떤 이들은 거대한 바다에 땅이 떠 있다고 믿었고, 어떤 이들은 뱀과 거북이 세상을 떠받치고 있다고 믿었다. 처음 들었을 때는 그렇게 거대한 짐승이 어디 있을까 싶었다. 하지만 그것도 그 나름대로 매력적이었다.

'바람'과 비슷한 세계관을 가진 이도 많았다. 조금씩 차이는 있었다. 땅 위를 덮고 있는 하늘이 뒤집어놓은 바가지 모양이라는 이야기를 처음 들었을 때는 무릎을 탁 쳤다. 자신이 왜 해와 달, 별이 뜨고 지는 모습을 보고도 왜 그런 생각을 못 했는지 부끄럽기도 했다.

그렇게 자신의 인식을 넓혀주는 사람을 만나면 마음이 즐거웠다. 반대로 자신의 시야를 좁히려는 사람을 보게 되면 도저히 참을 수가 없었다….

태양이 어떻게 떨어지지 않고 움직일 수 있는지에 관해서도 여러 가지 흥미로운 이야기가 있었다. 다행히 많은 곳에서 태양은 우러러보아야 하는 존재였으므로 태양을 하찮은 것으로 취급해 '바람'의 충동을 자극하는 사람은 많지 않았다.

사실 전체적으로 보면 충동보다는 다른 이유로 사람을 죽일 때가 많았다. 아무래도 전쟁이 대부분이었다. 뛰어난 신체 능력을 지닌 '바람'은 전쟁이 있는 곳에서는 언제나 훌륭한 전사로 환영을 받았다.

그러던 '바람'은 어느 시점에선가 등장해 세상을 정복하기 시작한 바퀴 달린 전차가 보여주는 태양과 흡사한 이미지에 푹 빠져버렸다. '바람'은 전차를 타고 동서남북의 싸움터를 누볐다. 언젠가 하늘을 떠받치는 산을 찾아 꼭대기에 오르면 불의 전차를 타고 하늘을 질주하는 태양신을 실제로 만나볼 수 있을지도 모른다는 꿈을 꾸며….

★

이번에는 귓가에 소리가 먼저 들려온다.
"상태가 어때?"
"괜찮은 것 같아. 일단 신체가 온전하니까 기대해 볼 만해."
두 사람의 대화인 것 같다.
뭐라고 하는 거지?
"그나저나 대단한데? 죽은 지가 상당히 오래됐는데 다시 살아날 수 있다니."
"애초에 완전히 죽지 않았던 거지. 그러니까 우리가 옛날부터 좀비니 뱀파이어니 하는 소리를 들었던 거잖아. 이 망할 놈의 질긴 생명력 때문에 말이야."

*질긴 생명력…, 우리….*

문득 우리라는 단어가 자신을 포함하고 있다는 사실을 깨닫는다.

거기에 생각이 미치자 귀에 들리는 언어가 무엇인지 알 수 있게 있게 된다.

최초의 언어.

처음 눈을 떴을 때부터 말할 수 있는 언어였다. 이 언어는 다른 누구도 이해하지 못했고, 어쩔 수 없이 주변인과 소통하려면 다른 언어를 배워야 했다. 다행히 언어를 배우는 능력은 출중해 금세 새로운 언어를 습득할 수 있었다.

자신만이 알고 있는 생득적인 언어와 신체의 불멸성은 자연히 자신이 창조된 데 특별한 이유가 있다는 생각이 들게 했다. 그렇다면 자신을 좁은 곳에 가두어버리는 듯한 태도를 접하기만 하면 견딜 수 없게 만드는 알 수 없는 충동은 그와 무슨 관련이 있는 것일까?

★

최초의 언어를 말할 수 있는 또 다른 이를 만나기

까지는 오랜 세월이 걸렸다.

'용맹한 곰'은 고사하고 부족 자체도 존재 자체가 잊힐 정도로 오랜 시간이 흐른 어느 시기에 '바람'은 '이오아니스'라는 이름으로 오늘날의 지중해 연안을 떠돌고 있었다.

이즈음 인간 세상은 처음 눈을 떴을 때와 많이 달라져 있었다. 인생에서 처음으로 겪는 흥미롭고 활기찼던 시절이었다. 수백 년 동안 수많은 철학자의 논리와 언변에—물론 개중에는 궤변만 늘어놓는 사기꾼도 많았지만—푹 빠진 채 지적으로 상당히 밀도 있는 시간을 보낼 수 있었다. 물론 이오아니스의 기나긴 인생 여정을 감안할 때 그 밀도를 일반적인 인간의 것과 비교할 수는 없겠지만.

여하튼 이오아니스는 고도의 문명이 탄생하는 모습을 목도하고 있다고 생각하며 전율을 느꼈다.

이들 철학자의 주장이 마음에 들었던 건 그저 상상의 결과가 아니라 정말 합리적인 이론이었기 때문이다.

이를테면, 아낙시만드로스\*라는 철학자는 우주가 원통 모양이라고 주장했다. 원통 위쪽의 평평한 곳에 살고 있다는 이야기인데, 처음에 이오아니스는 고개를 갸웃거렸다.

하지만 원기둥의 지름과 높이의 비율에서부터 태양과 달까지의 거리까지 상세하게 설명하는 모습을 보고는 생각이 달라졌다. 태양과 달은 원통을 둘러싸고 있는 구멍 뚫린 바퀴로 설명했다. 세상을 둘러싸고 있는 천상의 불길이 있는데, 원통에 뚫린 구멍을 통해 그 불이 보이는 게 바로 태양과 달이라는 소리였다. 아낙시만드로스는 각 바퀴의 지름까지도 상세하게 다루었다.

불새나 전차를 타고 다니는 태양신이라는 이야기보다 훨씬 더 그럴듯하게 들렸다. 두 눈으로 직접 볼 수 있는 세상의 모습을 논리적으로 설명할 수 있다는 점이 마음에 들었다. 현상과 이론이 맞아떨어진다는 데서 오는 즐거움은 이오아니스의 마음을 빼앗았다. 한동안 이오아니스는 모래밭 위에 나뭇가지

---

\* 기원전 6세기 그리스의 철학자

로 아낙시만드로스의 우주를 그려보며 이해하려고 애를 썼다.

이곳이라면 충동을 자극할 만큼 좁은 식견을 고수하는 사람을 만나지 않고도 살 수 있을 것 같았다.

하지만 그렇지는 않았다. 어디서나 그런 사람은 반드시 나타났다. 당시에도 이오아니스의 눈에 몹시 거슬리던 궤변론자가 하나 있었다. 그자는 아낙시만드로스의 이론이 말도 안 되는 허튼소리라고 비아냥거리고 다녔다. 그 혀놀림에 넘어가 동조하는 자도 꽤 있었고, 무지한 이들은 그런 말을 들으면 무비판적으로 받아들이기 십상이었다.

더 이상 참을 수 없을 정도가 되자 이오아니스는 그자가 홀로 있을 때를 노려 찾아갔다.

그러나 먼저 온 손님이 있었다.

"아, 불운이로군. 목격자가 있으면 안 되는데."

정체불명의 살인범이 중얼거리더니 칼을 들고 덤벼들었다. 이오아니스는 재빨리 피하며 반격했다. 몇 번 공격을 주고받자 이오아니스는 만만치 않은 상대임을 느꼈다. 평범한 강도나 불량배가 아니었다. 오랜 경험을 쌓아 숙련된 전사이자 암살자였다. 그와 같은 자와 싸우는 건 흔치 않은 일이었다.

이런 자가 왜 여기에?

상대도 똑같이 느낀 듯했다.

"혹시 나와 같은 목적으로 온 건가?"

그자가 이오아니스의 공격을 매끄럽게 받아넘기며 물었다. 싸움에 집중하고 있던 이오아니스는 문득 상대가 어떤 언어로 물었는지를 깨달았다.

"잠깐, 방금 뭐라고 했지?"

이오아니스가 펄쩍 뛰어 뒤로 물러나며 최초의 언어로 묻자 상대는 칼을 내렸다.

"우리 동류인가 보군?"

"동류?"

상대는 고개를 갸웃거렸다.

"너와 같은 자를 처음 만나보는 건가? 혹시 태어난 지 얼마 안 된 거야?"

이오아니스는 나이를 정확히 기억하지 못했지만 태어난 지 2,000년이 족히 넘었다는 것쯤은 알고 있었다. 하지만 문득 자신이 '동류'라 불리는 자들 중에서는 어린 축에 속할지도 모른다는 생각에 선뜻 대답하기 어려웠다.

"아마도 나와 똑같은 목적으로 왔겠지?"

상대가 땅바닥에 쓰러져 있는 시체를 향해 눈짓하며 말했다.

"여기 오래 있어서 좋을 건 없으니 어디 조용한 데라도 가서 이야기를 나눠보자고."

상대의 이름은 아르케실라오스였다. 바다가 내려다보이는 언덕 위에 자리 잡은 두 사람은 그리스 어휘가 섞인 최초의 언어로 흥미로운 대화를 나눴다.

"아하, 지금 스키타이인이 사는 곳에서 태어난 모양이군. 듣자 하니 당신이나 나나 똑같이 첫 번째 세대인 것 같아. 여태까지 동류를 못 만났다는 게 신기할 정도군. 하긴 겉모습만 본다고 알 수 있는 건 아니니."

"우리와 같은 이가 얼마나 있지?"

"난들 아나. 나도 수천 년 사는 동안 만나본 이를 손가락으로 다 꼽을 수 있을 정도니. 게다가 세상은 우리도 아직 발을 디뎌본 곳이 많을 정도로 넓어. 몇이 더 있다 한들 그게 이상한 일이겠나?"

아르케실라오스는 훗날 나일강이라고 부르게 되는 큰 강 상류에서 태어났다. 이오아니스와 마찬가지로 다 자란 상태로. 수십 년 정도씩 잠깐 여행을 다녀

온 것을 제외하면 삶의 대부분을 바다—지중해라 불리게 될—근처에서 살았는데, 다양한 사람과 어우러질 수 있다는 점이 마음에 들었다고 했다. 그건 이오아니스도 마찬가지로 충분히 이해할 수 있었다.

조심스럽게 충동에 관해 묻자 아르케실라오스는 웃으며 말했다.

"물론 나도 고루하기 짝이 없는 소리를 들으면 참을 수 없다네. 그런 녀석은 죽여버려야 마음이 편해지지. 당신도 마찬가지 아닌가?"

"뭔가에 홀린 듯이 사람을 죽이고 나면 죄책감이 느껴지지 않나?"

'바람', 아니 이제 이오아니스는 여전히 '용맹한 곰'의 죽음을 떠올리곤 했다. 따지고 보면, '용맹한 곰'은 아무 잘못이 없었다. 부족의 안위를 위해 최선을 다한 지도자였을 뿐이다. 나쁜 건 사악한 충동에 휩싸인 이오아니스였다.

사람을 죽일 때마다 느껴지는 죄책감에 스스로 목숨을 버리는 상상까지 했지만, 어쩐 일인지 이오아니스는 결코 자해를 시도할 수 없었다. 그건 이오아니스를 창조한 신이 절대 허락하지 않는 일인 듯했다.

이오아니스를 평생 불편하게 만들어온 문제에 관해 아르케실라오스는 담담하게 답했다.

"그랬지. 지금은 그런 감정을 놓은 지 오래야. 내가 만나본 다른 녀석들도 대부분 비슷했어. 그렇지 않나? 우리는 인간과 달라. 우리는 특별한 목적을 갖고 창조되었고, 신이 안배한 대로 운명에 따를 뿐이야."

"신? 어떤 신?"

"글쎄. 살면서 수많은 신을 접했을 텐데, 그중에 진실한 게 있던가? 지금의 신은 다 인간의 머릿속에서 만들어낸 허상이야. 진짜 신은 그와 다를 거야. 인간의 상상에 좌우되지 않는 절대적인 신이 있을걸세. 우리가 운명에 충실히 따르다 보면 언젠가 만날 수 있지 않겠나?"

어떤 신일까? 이오아니스는 그 신이 원망스러웠다.

신의 뜻에 따라 사람을 죽이도록 만들었다면 어째서 이런 의문을 갖게 했단 말인가?

잠깐의 만남이었지만 이오아니스는 자신과 같은 종류의 인간—인간이라고 불러도 될지 모르겠지만—에 관해 여러 가지 사실을 알 수 있었다.

자신과 아르케실라오스는 동류 중에서도 최초로

태어난 이들이었다. 아르케실라오스는 어린 시절을 기억하는 동류를 몇 명 만난 적이 있다고 말했다. 태어난 시기가 기껏해야 수백 년 전이었다. 그들은 어른의 모습으로 정신이 든 최초의 세대와 달리 아기로 태어나 자라다가 어느 순간 각성하는 과정을 거친다고 했다. 안타까운 일이지만, 주변 인간에 대한 애정이 없다시피 하다 보니 대부분은 젊어서 부모를 떠나며, 심하게는 사고방식이 꽉 막힌 부모를 죽인 사례도 있었다. 일단 각성한 뒤로는 다른 동류와 비슷한 삶을 살아가게 된다.

아르케실라오스는 동류 중 누군가 죽어 없어질 경우 그 빈 자리를 대체하기 위해 새로운 자가 태어난다고 추측했다. 그런 식으로 계속해서 신의 뜻을 이어간다는 것이다.

이오아니스는 그 가설에 찬성할 수 없었지만, 반박할 수도 없었다.

조금만 비교해봐도 같은 세월을 산 것에 비해 아르케실라오스는 이오아니스보다 경험이 풍부했다. 지금도 아르케실라오스는 어린 제자 몇 명을 거느리고 우주와 자연에 관해 가르치고 있었다. 대단치 않은 집단이라 학파라고 불릴 정도는 아니었지만.

"이래 봬도 난 사람만 죽이고 다니는 게 아니야. 훌륭한 이론이 있다면 그걸 열심히 퍼뜨려서 사람들의 개안을 돕지. 그러기 위해서는 공부도 계속해야 한다고."

이오아니스가 '바람'이었던 시절 시도했다가 좋지 않은 결과로 이어졌던 일이었다.

"자네는 너무 요령이 없었던 거야. 충동이 너무 앞서기도 한 것 같고. 아니야, 어쩌면 환경 자체가 그런 활동에 어울리지 않았을지도 모르지. 난 그런 면에서 운이 좋았던 것 같군."

이오아니스는 말없이 생각에 잠겼다. 아르케실라오스는 그런 이오아니스의 어깨를 툭 치며 일어섰다.

"어차피 늙지 않는 외모로 한곳에서 오래 지내지는 못해. 특히 나이 든 저명한 철학자가 되는 건 불가능하지. 조만간 나는 여기를 뜰 걸세. 마침 재미있는 이론을 들었거든. 땅이 평평한 게 아니라 구체 형태라는 거야? 어떤가?"

"구체?"

이오아니스는 머릿속으로 그 모습을 그려보았다.

만약 땅이 구체라면 아무리 걸어도 끝은 나오지 않게 된다. 마치 무한히 넓은 것처럼 말이다. 절묘했다.

하지만 곧 문제가 떠올랐다.

"그런데 그러면 아래쪽에 사람이 어떻게 설 수 있지? 아래로 떨어져 버릴 텐데 말이야."

"그따위 꽉 막힌 소리로 날 화나게 만들지 말라고."

아르케실라오스가 인상을 쓰며 말했다. 이오아니스도 자신이 한 말에 헛웃음이 나왔다. 이내 아르케실라오스가 표정을 풀며 말했다.

"그런 건 설명할 방법이 있을 거야. 지금 당장은 중요치 않아. 중요한 건 그 생각이 가진 가능성이라고."

"땅이 구라면, 하늘도 구가 되어야 할까?"

"그렇지. 땅을 둘러싼 더 큰 구체겠지. 재미있지 않나? 난 앞으로 이 이론을 사람들에게 전하고 다닐 생각이야."

그 뒤로 아르케실라오스를 만나지는 못했다. 이름도 듣지 못했다. 이름은 수시로 바뀌었으니 그럴 법도 했다. 이오아니스 역시 굳이 다시 만나고 싶은 생각은 없었다. 자신과 같은 존재라지만, 왠지 가까이 지내는 건 꺼려졌다.

아르케실라오스의 활동 덕분인지는 몰라도, 100~200년이 지나자 지구가 구체라고 생각하는 철학자의 수가 늘어났다. 물론 그에 반대하는 철학자의 수가 줄어든 데는 이오아니스의 공도 조금 있었다.

사실 이오아니스를 진짜 흥분하게 만든 건 조금 더 뒤에 듣게 된 아낙사고라스*의 이론이었다. 아낙사고라스는 태양이 거대한 불덩어리이며, 다른 별보다 크게 보이는 건 단지 가까이 있기 때문이라고 주장했다. 즉, 태양 역시 별의 하나일 뿐이라는 소리였다. 비록 지구의 모양에 관한 이론은 별로였지만, 태양에 관한 아낙사고라스의 생각만큼은 그야말로 이오아니스의 마음을 탁 트이게 했다. 저 별 하나하나가 태양과 같다면 우주에는 얼마나 많은 세계가 있을 수 있는 걸까?

그러나 아낙사고라스는 말년에 신에 대한 불경죄를 지었다고 몰려 아테네에서 소아시아로 추방되고 말았다.

이오아니스는 낙심하지 않고 은밀하게 자신이 흥미를 느끼는 사상을 퍼뜨리는 한편 장애물을 제거해

* 기원전 5세기 그리스의 철학자

나갔다.

헛된 일은 아니었는지 200여 년 뒤에 아리스타르코스*라는 철학자가 비슷한 말을 했다. 게다가 아리스타르코스는 태양이 우주의 가운데 있으며 지구가 태양 주위를 1년에 한 번 돈다고 주장했다.

이오아니스는 틈날 때마다 이런 이론을 열심히 전파하고 다녔지만, 안타깝게도 더 많은 지지를 받은 건 아리스토텔레스였다. 아리스토텔레스의 영향력은 너무나 강해 이오아니스가 어떻게 해볼 수가 없었다. 지구를 둘러싼 항성 천구의 바깥은 아무것도 없는 무(無)라고 생각하는 사람들을 볼 때마다 답답한 심정을 금할 길이 없었다.

이미 드넓은 우주의 가능성을 맛보아버린 이오아니스는 그 뒤로 오랜 시간을 끊임없는 충동에 휩싸인 채 음울한 시간을 보내야 했다.

★

*"정신이 드나, 존? 상태로 봐서 이제 대화 정도는 가능할 텐데?"*

---

\* 기원전 3~4세기 그리스의 철학자로, 지동설을 주장했다.

존.

마지막으로 썼던 이름이다.

존은 천천히 눈을 뜬다. 곱슬곱슬한 갈색 머리를 한 백인 남성의 얼굴이 보인다. 말을 할 수는 있지만, 목이 잠겨 소리가 제대로 나오지는 않는다. 입술에 플라스틱 관이 와서 닿는다. 살짝 빨아들이자 미지근한 물이 올라온다.

입술을 축이고 난 존은 누군지 모를 상대에게 묻는다.

"넌 누구지?"

상대는 나직하게 웃는다.

"고맙다는 인사부터 해야 하지 않아? 죽었던 사람을 되살려줬으니 말이야. 운이 좋긴 했어. 찾는 게 가장 어려운 일인데, 그나마 상태가 온전한 국립묘지에 떡 하니 묻혀 있었으니 말이야."

"그게… 고마워해야 할 일일까? …너라면 고마워하겠어?"

"음. 어려운 질문이군. 솔직히 살려준 사람보다 죽여준 사람이 더 고마울 수 있다는 건 인정해야겠지. 몸을 일으킬 수 있나?"

"아니, 아직."

사실은 할 수 있다. 그러나 상대의 의도도 모른 채 정확한 몸 상태를 알려주고 싶지는 않다.

"그럼 누운 채로 듣게. 서로 같은 처지니 우리가 어떻게 살아왔는지 굳이 이야기할 필요는 없을 거야."

존은 말없이 고개를 끄덕인다.

"다만 이제 우리는 우리가 왜 이런 존재로 창조되었는지에 관해서는 그럴듯한 이론을 갖고 있어."

이 말은 존의 흥미가 동하게 했다.

"그런데 지금 중요한 건 그게 아니야. 우리가 해온 일이 완전히 무너질 위기에 처해 있거든."

우리가 해온 일? 무너져?

상대가 말을 잇는다.

"당신이 해줬으면 하는 일이 하나 있어. 세상이 무너지지 않도록."

"그게 뭐지?"

"누구를 죽여주면 좋겠어."

★

충동적으로 죽인다고 해서 언제나 대뜸 목에 칼

부터 꽂는 건 아니었다. 진보적인 이론을 설파하는 길을 택한 다른 동류와 마찬가지로 여러 차례 설득을 시도해보기도 했다. 하물며 네베레트를 죽이기 전에도 그랬다.

"왜 그런 글을 쓰고 다니는 거지? 천문학자도 아니면서 코페르니쿠스의 이론을 제대로 들여다보긴 했나? 그 이론이 하늘에서 보이는 현상을 더 깔끔하게 설명한다는 사실이 이해가 되지 않는가?"

네베레트가 어떻게 대답하느냐에 따라 충동이 가라앉을 가능성도 있지 않을까? 요한은 여러 차례 그런 궁금증을 가졌지만, 그 답을 알 수 있게 해준 이는 여태껏 없었다.

사람은 설득되지 않는다. 특히 자연철학에서는.

이게 요한의 결론이었다. 새로운 이론이나 사상이 등장했을 때 그 명료함이나 아름다움에 반해 넘어가는 사람은 드물었다. 새로운 생각은 소수의 깨어 있는 사람이나 아직 어려서 뇌가 말랑말랑한 사람에게나 와닿는 법이었다. 나머지 대부분에 해당하는 사람은 굳어버린 생각을 바꾸지 못했다.

오랫동안 요한이 보아온 바로는 더 넓은 세상을

알아가는 이론의 확산은 그것을 받아들이지 못하는 세대가 사라지고 새로움을 받아들인 세대가 주류가 되는 식으로만 가능했다.

네베레트는 벌벌 떨며 웅얼거렸다.

"네, 네놈은 강도가 아닌 것이냐? 설마 지동설 추종자? 고작 그따위 이유로 날 죽이겠다는 거야?"

"고작?"

요한의 말꼬리가 올라갔다. 네베레트는 책상 뒤로 몸을 숨긴 채 옆걸음질 쳤다.

"소용없어. 네가 문이고 창문이고 모두 꼭꼭 막아둔 덕분에 도망칠 수는 없다."

"이봐, 제발 말로 하자고. 돈을 원하는 거라면…."

요한은 고개를 저었다.

"네 목숨을 취하기 전에 이야기나 들어보고 싶군. 왜 코페르니쿠스의 이론을 거부하는지."

"그, 그건…."

"왜 거기서 나오는 가능성을 보지 못하지?"

"서, 성경에 쓰여 있지 않나. '땅도 견고히 서서 흔들리지 아니하도다.'\* 난 그저 신이 계시한 성경 말

---

\* 〈시편〉 93편 1절

쓸을 따를 뿐이라네. 혹시 젊은이, 이단은 아니겠지? 어딜 봐도 선량한 기독교인으로 보이는데."

"이론을 자세히 살펴보지 않고 반대만 한다는 소리로 들리는군."

"아, 아니야! 나도 생각해봤다고. 하지만 말이 안 돼. 그, 지, 지구가 움직인다면 높은 탑 위에서 돌을 떨어뜨렸을 때 똑바로 떨어지지 않고 옆으로 움직일 거라고."

흔한 반론이었다. 무신론적 색채를 보일 정도의 진보주의자도 그런 소리를 하며 코페르니쿠스의 이론을 배격하기 일쑤였다.

"또, 또 있네. 연주시차*라고 들어봤겠지? 지동설이 옳다면 연주시차가 보여야 하지만, 그렇지 않다고. 그건 어떻게 설명할 건가?"

"그대들의 눈이 이미 말라비틀어진 정신에 사로잡혀 있기 때문이겠지."

말은 그렇게 했지만 네베레트의 반론에 대해 요한도 뾰족한 설명을 할 수는 없었다. 이 문제는 지동

---

\* 어떤 천체를 바라보았을 때 지구의 공전에 따라 생기는 시차

설 지지자의 상당한 골칫거리였다. 튀코 브라헤 같은 저명한 천문학자마저도 연주시차가 없다는 이유로 코페르니쿠스의 이론을 못 받아들이고 있지 않은가. 답답해진 요한이 직접 연주시차를 측정해보려고 노력하기도 했지만, 자신은 자연철학 연구에 소질이 없다는 결론을 냈을 뿐이었다.

코페르니쿠스도 이 약점을 알고 지구에서 항성천구까지의 거리를 아주 크게 잡아놓았다. 누군가에게는 변명처럼 보였겠지만, 요한은 연주시차가 보이지 않을 정도로 별이 멀리 떨어져 있다는 생각이 오히려 매력적이었다. 아리스토텔레스의 꽉 막힌 우주가 주는 답답함 속에서 한 가닥 시원한 바람을 맞는 것 같았다. 별은 도대체 얼마나 멀리 떨어져 있는 걸까? 그렇다면 언젠가 관측 기술이 더욱 정교해진다면 연주시차를···.

잠시 생각이 다른 데 가 있는 사이에 네베레트가 품속에서 칼을 꺼내 들고 기습했다. 역시 무기를 숨겨두고 있었던 모양이었다. 요한은 가볍게 몸을 기울여 날아오는 칼을 피하고 네베레트의 목에 칼을 꽂아 넣었다.

# 2

 몸을 움직일 수 있게 되자 존은 탈출을 떠올린다. 창문이 없는 방이다. 천장에 매달린 조명에서 희미한 빛이 흘러나와 방을 밝히고 있다. 방은 비교적 널찍하지만, 침대 하나와 변기로 쓰는 요강 하나 외에는 아무것도 없다. 몸에 달려 있던 주삿바늘이나 전선이 필요 없어지면서 끊임없이 잡음을 내던 기계도 사라진 지금 방 안은 적막하다.

 존은 침대에서 일어선다. 그동안 아무도 없을 때면 몰래 일어나 맨몸운동을 하며 근력을 키웠다. 100퍼센트는 아니었지만, 허를 찌르려면 완전히 회복되기를 기다릴 수는 없다.

존은 자신이 어디 있을지 궁금하다. 실마리라고는 몇 차례 이야기를 나눈 그자뿐이었다. 자신의 이름이 알렉산더라고 말했다. 확신은 없지만, 알렉산더가 섞어 쓴 영어 단어에서 희미하게나마 어색한 억양을 느낀 기억이 났다. 존은 자신이 나치의 손아귀에 들어간 게 아닌지 의심스럽다.

우리 중에 나치에 포섭된 자가 있는 걸까?

나치가 전쟁 중에 온갖 기묘한 짓을 벌였다는 건 알고 있다. 하지만 곧 깨어난 지 얼마 되지 않았을 때 자신이 죽은 지 상당히 오래되었다는 이야기를 얼핏 들은 게 떠오른다. 나치가 아닐 수도 있다. 존이 죽었을 때 이미 나치는 승산을 잃고 있었다. 아니면 설마 소문으로 돌던 나치의 비밀 무기 개발이 성공했던 걸까?

세상이 무너진다는 이야기는 뭘까?

설마 아직도 전쟁을 계속하고 있는 걸까?

잠긴 문밖에 무엇이 있는지에 관해서는 아무런 실마리가 없다. 잠깐. 잠겨 있다고? 당연히 그렇게 생각했을 뿐 한 번도 열어보려 한 적은 없다.

존은 문고리를 잡고 천천히 돌린다.

문이 열린다.

고개를 내밀고 좌우를 살핀다. 거친 시멘트 마감의 복도 역시 창문이 없는데, 노란 조명이 있어 어둡지는 않다. 복도 양옆에는 문이 나란히 나 있다. 문에는 숫자 외에 아무런 표시도 없다. 숫자만 봐서는 무슨 용도인지 전혀 알 수 없다. 왼쪽으로 쭉 가면 비상구 표시가 되어 있는 문이 있고, 오른쪽으로 가면 양옆으로 꺾여서 복도가 이어지는 모양이다. 군대의 비밀 기지 같은 느낌인데, 인기척은 전혀 없다.

지하인가?

존은 왼쪽을 향해 슬슬 걷는다. 갇혀 있는 상태라고 들은 적은 없으니 마음대로 나다닌다고 한들 무엇이 문제랴.

비상구 문도 저항 없이 열린다. 붉은 조명이 켜져 있는 계단실이 위아래로 뻗어 있다.

존은 어깨를 으쓱하고는 위로 올라간다. 만약 지하라면 얼마나 깊은 곳일지 궁금하다. 세 층 정도 올라가자 아래쪽에서 문이 열리면서 쿵쿵거리는 소리가 들린다. 벌써 들킨 건가? 발걸음 소리가 위를 향하고 있다. 존은 서둘러 계단을 오른다. 희한하게도 발걸음 소리는 느리지만 조금씩 거리를 좁혀온다. 존은 들키기 전에 비상구 문을 열고 계단실 밖으로 나간다. 똑같은 복도가 나온다.

얼마나 깊은 거야?

이번에는 달린다. 갈림길이 나온다. 왼쪽에서 인기척이 나자 존은 앞뒤 잴 것 없이 오른쪽으로 꺾는다. 그쪽은 막다른 길이다. 아니, 금속으로 된 문이 있다.

엘리베이터?

급히 살펴보니 오른쪽에 버튼처럼 생긴 게 있다. 위로 가는 화살표를 누르자 화살표 형태가 초록색으로 밝아진다. 존은 잠시 그 모습을 흥미롭게 바라본다.

"어이!"

뒤를 돌아보자 흰옷을 입은 갈색 피부의 사내 하나가 양손을 허리에 얹고 존을 노려보고 있다.

"이런."

사내가 덤벼들며 주먹을 날린다. 민첩했지만, 못 피할 정도는 아니다. 존은 몸을 숙이고 피한 뒤 사내의 옆구리에 한 방 먹인다. 사내는 억 하는 소리를 내며 몸을 숙였다가 잽을 날리며 반격한다. 존이 몸을 낮추며 사내의 다리를 걸어 넘어뜨린다. 그리고 그 위에 올라타 목을 조르려다가 생각을 바꾼다. 상황 파악이 되지 않은 상태에서 누군가를 죽이고 싶지는 않다.

복도 저편에서 육중한 발걸음 소리가 들린다. 한두 명이 아니다.

마침 엘리베이터 문이 열린다. 존은 재빨리 엘리베이터에 탄다. 문이 닫힌다. 엘리베이터가 위로 올라가는 느낌이 난다. 잠시 숨을 고른 존은 내부를 자세히 살펴본다. 만듦새가 생소하지만, 직관적으로 용도를 알 수 있다. 문 위에는 층수를 나타내는 숫자가 나타난다.

숫자는 B2에서 올라가고 있다. 존은 재빨리 1층을 누른다.

1층에서 문이 열리자 웃는 얼굴을 한 알렉산더가 나타난다. 혼자였지만, 알렉산더 뒤에는 기묘한 모양의 기계가 여럿 서 있다. 땅딸막한 원통형 몸체에 다리가 여섯 개 달려 있고, 몸체 위쪽으로는 끄트머리의 모양이 제각각인 팔이 세 개 솟아 있다.

로봇?

알렉산더가 고갯짓하며 말한다.

"시설 관리용 로봇이야. 하지만 사람 한둘쯤은 거뜬하지."

알렉산더가 엘리베이터에 탄다. 존은 뒤로 물러선다. 로봇을 뒤로한 채 엘리베이터의 문이 닫힌다. 존은 이 틈을 이용해볼까 하다가 기묘한 상황에 호기심이 일어 그만둔다. 이쯤 됐으니 어디 이야기나 들어볼 심산이다.

알렉산더가 꼭대기 층을 누르고 엘리베이터가 올라간다. 알렉산더가 존을 돌아보며 말한다.

"잘 생각했어. 쭉 보니까 몸이 많이 회복된 것 같지만, 기계한테는 무리일 거야."

"날 시험한 건가?"

"아니. 그냥 지켜보고 있었을 뿐이야."

존이 손가락으로 엘리베이터 천장 구석을 가리키며 말한다.

"저기 카메라가 있잖아."

존에게는 카메라가 보이지 않는다.

"저기, 저 조그만 게 카메라야. 당신이 머물던 방에도 있었지. 딱히 숨기지도 않았지만, 역시 상상을

못 했나 보군."

몰래 운동하며 체력을 길러가는 과정을 놈들은 모두 보고 있었다. 존은 속으로 욕설을 내뱉는다.

엘리베이터가 도착하자 알렉산더는 존을 데리고 옥상으로 올라간다. 옥상에는 아까 존과 잠깐 격투를 벌였던 사내가 기다리고 있다. 사내가 존을 향해 손을 내민다.

"반가워, 존. 난 라훌이라고 해."

존은 엉겁결에 손을 잡는다.

"이게 어떻게 된 일인지 설명을 해줬으면 좋겠는데."

"가면서 설명해주지."

알렉산더가 가리키는 곳을 보자 헬리콥터로 보이는 매끈한 탈것이 보였다. 헬리콥터를 본 적은 있었지만, 분명히 존이 알던 시대의 디자인은 아니었다.

"아니, 듣고 나서 생각해보겠어."

알렉산더는 어깨를 으쓱해 보이더니 옥상 가장자리로 걸어간다. 존이 그 뒤를 따른다. 알렉산더가 팔을 휘둘러 눈 앞에 펼쳐진 풍경을 가리킨다.

존은 그제야 주변 세상에 눈을 돌린다. 태양은 지평선 위에 낮게 걸려 있지만, 바람은 비교적 훈훈하다. 존이 있는 곳은 공장 혹은 산업 단지처럼 보인다. 단조로운 회색 건물과 공장, 전력 시설 따위로 보이는 게 시선이 닿는 곳까지 뻗어 있다.

"꽤 넓지? 그런데 지금 우리 눈에 보이는 지역에 있는 사람은 우리 셋뿐이야. 한때는 여기도 사람이 많이 살았지만, 지금은 보시다시피 이꼴이지."

"내가 그렇게 바쁜 사람은 아니지만, 요점 위주로 말해주지 않겠어? 일단 여기가 어디지?"

알렉산더는 너털웃음을 짓고는 대답한다.

"여기는 북아메리카 대륙 북쪽 끝단이야. 그때 지도로는 미국 알래스카나 캐나다였을 거야. 원한다니 간단히 말해주지. 자네가 아는 인류 문명은 이미 무너졌어. 21세기부터 극심해진 기후 재난으로 지구 대부분은 인간이 살기 어려운 곳이 되었지. 지금은 극소수의 인간만이 극지에 건설한 이런 시설에서 거주하고 있지. 냉방보다는 그래도 난방이 쉬운 편이라."

존은 말없이 고개를 끄덕인다. 알렉산더가 흥미로운 표정으로 묻는다.

"별로 놀라지 않는군?"

"예전에 이미 그런 예상을 한 사람들이 있었지. 언

제나 미리 경고하는 사람은 있어. 깨닫는 게 늦을 뿐이지."

"당신이 겪은 2차 대전 이후로 비교적 번영했던 적도 있었어. 그 대가가 이렇게 가혹하지만 말이야."

"그런데 당신은 세상이 무너지고 있다고 했어. 그렇다면 이미 무너지고 끝난 일 아니야? 왜 내가 필요해서 무덤에서까지 꺼낸 거지?"

"아, 그거라면 이거와 다른 문제 때문이야. 설명하기 복잡해서 일단은 배경 설명만 간단히 해준 거야. 더 자세히 듣고 싶다면 함께 가자고."

알렉산더가 헬리콥터를 향해 고갯짓한다. 존은 고개를 끄덕인다.

★

헬기는 부드럽게 움직인다. 존이 겪어본 2차 대전 때의 장비와는 차원이 다르다. 계기판도 휘황찬란해서 마치 외계인의 물건처럼 보인다.

"시간이 얼마나 지난 거지?"

"당신이 죽은 뒤로…, 한 200여 년?"

"……."

헬리콥터에 탄 뒤로는 라훌도 대화에 끼어든다.

"세상이 많이 달라졌어. 죽기 전까지 수백 년 넘게 살았겠지만, 이런 변화는 겪지 못했을 거야."

"그때는 집채만 한 컴퓨터를 겨우 굴렸지? 요즘 컴퓨터가 어떤지 상상도 못 하겠군. 하하."

수백 년? 이자들은 존의 나이가 수백 년 정도라고 생각하고 있다. 아마 자신들에게 빗대서 판단한 모양이었다. 아무리 생명력이 강하다고 해도 수천 년 동안 사고나 살해를 당하지 않기는 어려운 건 사실이니까. 존은 자신이 동류 중의 첫 번째 세대라는 말은 하지 않기로 한다.

헬리콥터에서 내려다보는 풍경은 단조롭다. 옥상에서 본 풍경이 끝없이 이어지는 기분이다. 시간이 흘렀지만, 태양은 여전히 그대로 떠 있다. 존의 시선을 힐끗 본 라훌이 말한다.

"백야라 몇 달 동안은 계속 밝을 거야. 그동안은 살만하지. 하지만 온난화라고 해도 겨울이 되면 무섭게 추워질 때가 있어. 깨어 있는 사람들은 대부분 건물 안이나 지하에서 살지."

깨어 있는 사람들? 존은 일단 호기심을 억누른다.

조금 더 가자 사람의 흔적이 보이는 구역이 나타난다. 군데군데 켜져 있는 조명, 어디선가 흘러나오는 연기 또는 수증기 따위. 가까이 가자 지상에서 돌아다니는 사람들이 보인다. 하지만 사람보다 많이 보이는 건 아까 본 것과 비슷하거나 조금씩 다른 로봇이다.

"기후 재난으로 여기저기서 전쟁이 터지고 수많은 사람이 죽어 나가는 와중에도 다행히 몇 가지 혁신이 나와준 덕분에 지금 이렇게 극지에서나마 명맥을 유지할 수 있게 되었지. 핵융합 발전이 상용화되고 인공지능의 수준이 높아지면서 지금 대부분의 시설은 자동화되었어."

"인공지능? 기계지능을 말하는 건가? 휴우, 다 이론으로만 들어본 이야기군. 그러면 정말로 기계가 사람처럼 생각한다는 건가?"

이자들의 말을 어디까지 믿을 수 있을까? 존은 대화하면서도 의심을 풀지 않는다.

"아니, 그 수준은 아니야. 아직 거기에 닿지는 못했지."

알렉산더는 그 말을 하면서 뭐가 재미있는지 키득거린다. 라훌도 옆에서 피식거린다.

헬리콥터가 어느 건물 옥상에 착륙한다. 처음 존이 깨어난 회색 건물보다는 훨씬 더 세련된 생김새다. 존은 주위를 두리번거리며 알렉산더의 뒤를 따라간다.

"미안하지만, 당신의 존재는 극비 사항이라 눈에 띌 수 없어. 나중에 기회가 되면 거주 구역을 보여주지. 물론 지금 여기에도 5만 명 정도가 '살고' 있지만 말이야."

건물이 비록 크기는 하지만 5만 명을 수용할 정도는 되지 않아 보인다. 아까 말한 대로 지하 공간을 넓게 파놓았나 싶다. 몇 번 엘리베이터를 타고 이리저리 걸어가는 동안 마주친 건 조그만 로봇 몇 대가 전부다. 경비가 삼엄한 곳인지 도중에 몇 차례나 보안문을 지나야 한다. 그렇게 도착한 곳은 지하의 어느 커다란 문 앞이다.

"여기야."

알렉산더가 문 옆의 금속판에 손을 갖다 대자 문이 양옆으로 열린다. 둥근 방이 나왔는데, 벽에서 전부 영상이 흘러나오고 있다. 영상이나 수치, 그래프 따위가 끊임없이 움직인다. 방 가운데에는 원형 책상이 있고, 그 위에도 알 수 없는 기계장치가 빼곡히 놓여 있다. 존은 내심 놀랐지만, 억지로 태연한 척 한다. 책상 가운데에 누군가 앉아 있다. 짧은 금발 머리에 라훌과 비슷한 흰색 옷을 입은 백인 남자다. 아니, 여자인가?

앉아 있던 사람이 일어서 존에게 다가온다.

"안녕하신가. 몸은 괜찮다고 들었어. 라훌을 제압하는 모습을 보니 괜찮아 보이더군. 난 미셸이라고 해."

여자가 맞았다. 미셸이 악수를 청하자 존은 손을 잡고 흔들었다. 여자치고는 악력이 강했다. 역시 동류임을 짐작할 수 있었다.

"오면서 대충 듣긴 했는데, 난 자세한 설명을 원해."

존이 무뚝뚝하게 말한다.

"물론이야. 충분히 이해해. 다만 간단하면서도 자세히 설명하기에는 너무 복잡해서 말이지. 자세히 설명하려면 한참 걸릴 거야."

존은 그동안 계속 궁금하던 것을 묻는다.

"우리가 왜 창조되었는지에 관해 알고 있다면서?"

미셸은 알렉산더, 라훌과 마주 보며 빙긋 웃는다. 알렉산더가 헛기침하고는 입을 연다.

"정확히 말하자면, 그럴듯한… 이론을 갖고 있다고 했어."

"그래도 어느 정도 확신이 있어야 이론이라는 말을 쓸 수 있는 거니까."

"그렇지. 그게 뭐냐면…."

미셸이 끼어들며 알렉산더를 제지한다.

"잠깐만. 그보다는 지금 지구의 상태를 먼저 알려주는 게 나을 것 같아."

"아니, 난…."

존이 우겨보지만, 미셸이 책상 위의 기계를 건드리자 들어온 문과 반대쪽에 있던 육중한 문이 천천히 열린다. 그 사이로 보이는 풍경에 존은 넋을 잃고 만다.

수많은 사람이 누운 채로 층층이 쌓여 있다. 원통을 반으로 잘라놓은 듯한 침대 위에 누워 있는 사람들은 모두 벌거벗고 있다. 위쪽에 가림막이 있어 국부 부근만 간신히 가리는 수준이다. 머리에는 헬멧을 쓰고 있고, 헬멧으로 이어진 온갖 전선과 관이 침대 밖으로 나가 바닥 속으로 이어지고 있다. 몸 곳곳에도 전극 같은 게 붙어 있다. 침대 안쪽에는 온도가 체온과 비슷한 액체가 담겨 있다. 침대에도 관이 있는데, 아마 액체를 갈아주기 위한 용도로 보인다.

그런 침대가 수십 층 높이로 쌓여 있고, 좌우 양옆, 그리고 저 멀리까지 쭉 놓여 있다. 존은 참지 못하고 입을 떡 벌린다.

존이 그쪽으로 다가가며 말한다.

"이, 이게 뭐지? 이 사람들 살아 있는 건가?"

어느새 다가온 미셸이 존의 어깨에 손을 올리며 대답한다.

"물론이지. 여기 '사는' 사람들이야. 튜브로 꼭 필요한 영양분만 섭취하고 소량의 배설물은 자동으로 씻겨 나가지."

"모두 자고 있는 건가?"

존은 누워 있는 사람 한 명 앞으로 다가가 눈 앞에 손을 흔들어본다.

"아니야. 모두 가상현실에 들어가 있어. 생존만을 위한 단조로운 삶에서 오는 우울증에 대한 해결책으로 시작된 일이지. 그랬는데 현재 생존한 인류의 대부분은 이렇게 가상현실에서 생활하고 있어."

"가상현실?"

존은 영문을 알 수 없다.

"현실은 아니지만 뇌에 신호를 줘서 현실처럼 느끼게 하는 거야. 뭐랄까, 통 속의 뇌 같은 거지."

존의 표정을 본 미셸이 다시 말한다.

"아, 모르는군. 그러니까…, '데카르트의 악마'*라고 생각하면 돼."

∗

데카르트는 흥미로운 인물이었다. 코페르니쿠스가 태양과 지구의 자리를 바꾼다는 일견 소소해 보이는 아이디어 하나를 제시하면서 우주는 훨씬 더 커질 수 있는 계기를 맞았다. 코페르니쿠스 자신이 연주시차의 부재를 이유로 항성 천구까지의 거리를 크게 벌려놓았고, 이어서 조르다노 부르노 같은 몇몇 사람이 아예 항성 천구가 없는 무한한 우주를 들고나왔다. 그 옛날 아낙사고라스의 말처럼 태양은 우주에 무한히 많은 별 중의 하나에 불과했다.

데카르트는 그런 우주에서 물질이 움직이는 법칙을 상상했다. 우주에 있는 입자는 끊임없이 움직이

---

* 강력한 힘을 지닌 악마가 자신의 모든 감각기관에 거짓 정보를 제공하고 있을 경우를 가정한 데카르트의 사고 실험

면서 서로 충돌해 소용돌이를 만든다는 것이었다. 데카르트는 이런 소용돌이를 가지고 태양과 지구를 비롯한 행성, 달, 혜성의 움직임을 설명했다. 결국은 수십 년 뒤에 나온 뉴턴의 만유인력 법칙이 옳다고 밝혀졌지만, 요한은 데카르트의 이론이 역동적으로 보여 내심 마음에 든 기억이 있었다.

*

악마가 내 감각기관에 거짓 정보를 제공하고 있다면 무슨 기분일까? 처음 그 이야기를 들었을 때는 무심코 넘겼지만, 수백 년이 지나서 정말로 그런 경험을 하게 될 줄은 몰랐다.

존은 몇 달 동안 지내면서 미셸이 주장하는 '적응기'를 보낸다. 처음 창조되었을 때와 비교하면 지난번 죽었던—것으로 기억하는—1940년대도 완전히 다른 세상이었지만, 그때와 지금도 분명히 천양지차다.

존은 그동안의 인류 역사에 관한 자료를 보며 잃어버린 세월을 메운다. 자신에게 준 자료가 공들여 만든 가짜가 아니라는 가정 아래 세 사람의 말에는 특별히 거짓이 없어 보인다. 21세기 이후 기후 재난이 극심해지면서 자원이나 영토를 두고 끊임없이 분쟁이 일어났고, 인구는 점점 줄어들었다. 저위도 지역이 살기 어려워지면서 남은 인류는 양쪽 극지로 몰려들었다. 오랜 이합집산 끝에 지금 남은 인류는 크게 유라시아 대륙 북쪽과 북미 대륙 북쪽 지대에 살게 되었다. 그 외 지역에도 살아남은 사람들이 명맥을 유지해나가고 있지만, 상당수가 부족 사회 수준으로 퇴보한 상태다.

미셸과 알렉산더, 라훌은 북미 대륙의 인구 집단—국가라고 부를 수준은 되지 않으므로—의 수장 격이다. 아마 오랜 삶에서 얻은 경험과 모략, 그리고 인구 대부분이 가상현실에 들어가 있다는 사실 덕분에 가능했던 일이지 싶다.

아직 남아 있는 책과 컴퓨터라는 신기한 물건을 통해 자료를 얼마든지 볼 수 있지만, 존이 왕래할 수 있는 공간은 한정되어 있다. 가끔 알렉산더나 라훌이 헬리콥터에 태워 더 먼 지역을 보여준다. 어디를 가도 풍경은 비슷하다. 잠들어 있는 수많은 사람을 수용하고 있는 거대한 건물과 그 건물을 들락거리는 수많은 무인 자동차, 로봇, 소수의 인간들. 몇 달

지나자 극야가 찾아와 그마저도 못 하게 된다.

당연히 죽어 있던 동안에 우주론이 얼마나 발전했는지도 알아본다. 비록 기후 재난으로 인해 지난 100년 동안은 정체되어 있었지만, 그전에 이룬 발전만으로도 존은 마음이 벅차오른다. 정적 우주론을 물리치고 정설이 된 빅뱅우주론, 인플레이션, 가속팽창, 우주의 거대 구조….

존은 왠지 모를 뿌듯함과 안도감을 느낀다.

역사를 어느 정도 파악한 존은 영화나 음악, 소설 같은 문화적인 산물에도 한동안 빠져 지낸다. 실감 나는 영화를 보며 가상현실이란 어떤 느낌일지 상상해보기도 한다.

그 외의 시간에 존은 주로 삼인방과 대화를 나누며 시간을 보낸다.

"저자들은 태어나서 죽을 때까지 저렇게 사는 건가?"

어느 날 존이 묻는다.

"아니야. 선택권은 언제나 있어. 밖에서 태어나 자란 경우 들어가기를 거부할 수도 있고, 들어갔다가 원하면 도로 나올 수도 있지. 하지만 나오기를 원하는 사람은 거의 없어. 많은 자가 이대로 살다가 죽어버리지. 뇌로 가는 신호를 제어하기 때문에 자신이 죽는 줄도 모르고 고통 없이 살다가 죽을 수 있어 선호하는 사람도 많아."

평생 악마에 사로잡혀 살다가 죽는 줄도 모르고 죽는다니 그건 도대체 어떤 삶인 걸까?

"만약 저 안에서 죽으면 어떻게 되나?"

"저 안에서는 죽을 일이 안 생기게 되어 있어. 사고란 건 일어나지 않지. 다만 가상현실에서 자살을 저지르면 신체는 뇌사 상태가 되더군."

결국 존은 미셸의 권유를 받아 가상현실에도 들어가본다. 다시 돌아오지 못할까 하는 걱정도 들었지만, 굳이 죽은 자를 깨우는 수고를 한 이유가 거기에 있을 리는 없기에 수락한다.

가상현실의 삶은 21세기의 평화로운 모습과 흡사하다고 했다. 다만 원하지 않으면 굳이 일할 필요가 없다. 당연하다. 전기 신호에 불과한 음식과 온갖 편의시설은 무한정 제공되니 하고 싶은 일만 하며 살아도 된다. 적절한 긴장감을 조성하기 위해 인공지능이 각 개인에게 위기 상황을 만들어주기도 한다.

언제나 극복할 수 있도록 짜여 있는 가짜 위기에 불과하지만, 가상현실에 빠진 이들은 그걸 모르니 상관이 없다.

"어떤가? 그 안의 삶이? 나도 가끔 심심하면 들어가서 놀다 와."

미셸이 묻는다.

"정교하긴 하지만, 확실히 현실과는 다르다는 걸 느낄 수 있어."

"당신은 현실의 경험이 많아서 그래. 태어나자마자 가상현실에서 사는 사람은 차이를 알 수 없어."

"태어나? 그러고 보니 가상현실에서는 아이를 낳지 못할 텐데?"

"그것도 해결 방법이 있어. 가상현실에서 누군가 임신하면 그에 맞춰 여기 바깥에서 냉동 수정란을 하나 꺼내 인공 자궁에 넣는 거야. 가상현실에서 아기가 태어나면 인공 자궁에서 태어난 아기를 가상현실에 접속시키지. 그러면 그 안에서 키우는 거야. 어차피 가상현실이니까 유전자 따위는 따지지 않아도 돼."

존은 순간 역겨움을 느낀다.

"이건 완전 인간 사육 공장 아닌가?"

"그렇게 봐도 무방하지."

"맙소사. 내가 죽었을 때만 해도 그래도 인권이라는 개념이…."

"그게 별 의미 없다는 건 곧 알게 될 거야."

"젠장."

삼인방의 설명에 따르면, 현재 지구에 남은 인구는 1,000만 명이 채 되지 않는다. 90만 년 전에는 호모 사피엔스가 한때 1,000~2,000명 수준으로 줄어든 적도 있다고 하니 다시 번성하기에는 무리가 없는 수라고 한다. 삼인방이 관리하는 북미에 약 350만 명이 있고, 유라시아 대륙 북부에 늘어선 시설에 약 500만 명이 있다. 그 외, 이 두 대형 시설에 소속되지 않은 인구를 약 100만 명으로 보고 있다.

가상현실에 들어가 있지 않은 다른 인간을 만나게 해달라는 존의 요청은 거절당한다.

"미안하지만, 그건 안 되겠어. 일이 끝날 때까지 당신의 존재는 극비여야 하거든."

"가상현실에서 다른 사람을 만나는 건 괜찮고?"

"그 안의 일은 우리가 얼마든지 제어할 수 있으니까."

존은 못마땅한 표정을 짓지만, 미셸은 단호하다.

★

몸 상태가 완전해지고, 기묘한 미래에도 어느 정도 적응이 된 어느 날 미셸이 존을 부른다. 로봇의 안내를 받아 가보니 삼인방이 모두 모여 있다.

존은 잠시 의아한 표정을 짓지만, 곧 상황을 눈치채고 비어 있는 의자에 앉는다. 로봇이 다가오더니 앞에 있는 빈 잔에 액체를 따른다.

"위스키야. 구하기 어려운 거지."

알렉산더가 설명한다.

존은 오랫동안 수많은 일을 겪었지만, 이상하게 알코올을 즐겨본 적은 없다. 의미를 알 수 없는 불멸의 삶과 까닭 모를 살인 충동에 휩싸여 괴로워할 때도 다른 데 의존하고자 하는 생각은 들지 않았다. 그래도 일단 예의를 차린다.

"좋군."

"알코올이 우리 몸에 끼치는 영향은 제한적이지. 우리는 알코올 때문에 판단을 그르치는 경우가 잘 없어."

"우리?"

"그래. 우리."

동류를 말하는 것이리라.

"우리에 관해 잘 알고 있는 게 분명한가 보군."

존이 슬쩍 추켜세운다.

"오랫동안 여러 명의 우리를 만나고 이야기를 나누면서 생각해본 이론이야. 이따가 말하겠지만, 근거가 전혀 없는 건 아니고."

"그래서 무슨 일인가?"

존이 참지 못하고 재촉한다. 미셸이 알렉산더와 라훌을 돌아보며 말한다.

"결론부터 이야기하자면, 우리는 우리가 모두 일종의 가상현실 속에서 살고 있다고 생각해."

존은 잠시 혼란스러움을 느낀다.

"잠깐. 내가 지금 가상현실 안에 들어와 있다고? 분명…."

미셸이 손을 저으며 말을 끊는다.

"아니. 우리가 만든 가상현실을 말하는 게 아니야."

"그럼?"

"신이 만든 가상현실."

존은 순간 말문이 막힌다. 요즈음 가상현실을 여러 차례 경험하면서도 생각해보지 못했던 발상이다.

"이해가 안 되는군. 이런 허튼소리를 하려고 날 무덤에서 파낸 건가?"

"아니, 기다려봐. 간단히 설명하기가 어려운 문제라고."

알렉산더가 끼어든다.

존이 잠시 기다리자 미셸이 말을 잇는다.

"우리 이론에 따르면, 지금 이 세상, 지구를 포함한 우주 전체는 우리가 예전부터 신이라 불렀던 어떤 존재가 만든 시뮬레이션이야. 우리, 그리고 인간은 그 안에서 활동하는 소프트웨어고. 그러니까 컴퓨터 프로그램이라는 말이지."

컴퓨터와 소프트웨어라는 건 얼마 전 존이 가상현실에 관해 배우면서 적당히 이해하고 넘어간 개념이다. 왜 처음부터 설명해주지 않았는지 이해는 된다. 깨어나자마자 이런 소리를 했다면 존은 지금보다 훨씬 더 강경하게 받아들이지 않았을 것이다.

"우리? 인간 모두가?"

"모두. 의식이 있건 없건 모든 건 전기 신호, 아니

면 뭐가 됐든 정보의 형태로 존재하는 거야."

"그런 걸 의식이 있다고 할 수 있는 거야?"

존이 따져 묻자 라훌이 끼어든다.

"그건 생각해볼 만한 문제긴 한데, 일단 우리는 의식이 있다고 생각하고 있어. 인공적인 의식이라도. 인공적이라고 해서 의식이 아니라고 할 수는 없잖아? 단적으로 지금 당신은 우리 존재 자체에 회의하고 있지 않나?"

"그래. 나는 생각한다, 고로 존재한다. 하지만 모든 게 프로그램이라면 지금 우리가 의심하는 것도 처음부터 정해진 바대로일 수 있어. 당신들이 말했듯이 가상현실에서만 평생을 살면 그게 현실이 아니라는 걸 절대 알 수 없잖아."

"그러면 또 어떤가? 우리를 창조한 신이 뜻한 바대로 사는 것도 의미가 있지."

미셸이 어깨를 으쓱하며 말한다.

존은 한숨을 쉬며 묻는다.

"그러면 좋아, 신이 우리에게 뜻한 바가 무엇이라는 건가?"

"바로 우주의 확장."

존이 눈살을 찌푸린다.

"자꾸 변죽만 울리는 경향이 있군. 처음부터 제대로 설명해주면 좋겠어."

"몇 번일지는 모르겠지만, 알 수 없는 충동에 이끌려 사람을 죽인 적이 많겠지?"

존은 고개를 끄덕이자 미셸이 씩 웃는다.

"당신이 죽인 사람에게는 공통점이 있겠지? 아무나 죽이지는 않아. 보통은 지식인 계층이야. 먹고 사는 데 바빠서 세상의 원리 따위는 안중에도 없는 평범한 사람에게는 아무런 관심이 없지. 죽이고 싶은 충동이 드는 건 인류의 지적인 발전에, 세상 사람들의 사상에 영향을 끼칠 수 있을 법한 사람 중에서 우리가 인식하는 세상의 범위를 넓히는 데 인색한 자, 고루한 세계관을 고수하는 자, 혁신적인 세계관에 반대하고 전파에 방해가 되는 자야."

맞다. 존은 그런 자만 보면 참을 수 없는 감정을 느낀다.

"그런데?"

"자, 어떤 신, 뭐든 간에 일단 신이라고 하자고. 그 신이, 어느 날, 무슨 이유에서인지, 다양한 우주를 만들어보고 싶어졌어. 재미로일 수도 있고, 연구일 수도 있고. 그래서 시뮬레이션을 만드는 거야. 그런데 자기가 직접 여러 가지 우주를 상상해서 만드는 건 귀찮겠지? 그래서 실행할 때마다 매번 다른 우주가 생기도록 만들어. 임의의 초기 환경을 준 뒤 미리 프로그래밍해둔 의식을 넣는 거야. 그 의식이 시뮬레이션이 보여주는 어떤 현상을 관찰하고 그 현상을 설명해내는 우주론을 정립하면 시뮬레이션은 그 부분을 실제로 구현해. 거기서 현상을 관찰하는 수준이 더 올라가고 새로운 이론이 나오거나 기존 이론이 더욱 정교해지면, 또 그에 맞게 우주가 구현되는 식으로 계속 이어지는 거지. 우주의 창발을 시험해보는 거라고 할 수 있으려나."

존은 아무 말도 못 하고 자기도 모르게 위스키를 한 모금 마신다.

"재미있지 않겠어? 초기 환경만 주고 무작위로 드넓은 우주의 구조와 역사가 생겨나는 모습을 보고 있으면? 가능하다면, 나도 다른 시뮬레이션의 우주를 보고 싶은데."

존이 간신히 입을 열어 묻는다.

"그렇다면 우리는?"

"음, 의식, 그러니까 인간을 말하는 건데, 이것들의 성향은 무작위야. 어떤 건 창의적이고, 어떤 건 시야가 넓고, 어떤 건 변화를 싫어하지. 만약 어떤 경우에 게으른 의식이 너무 많아져서 시뮬레이션에 진전이 없다면 어떨까? 신의 입장에서 생각해보자고. 아무리 신 같은 존재라고 해도 시뮬레이션에는 시간과 자원이 들어가. 그런데 시뮬레이션 속 우주에 한참 동안 변화가 별로 없다면 좋지 않겠지? 그럴 때를 위해 우리를 만든 거야. 즉, 우리는 시뮬레이션이 너무 느려지지 않도록 게으른 의식을 제거하기 위해 존재하는 프로그램이란 소리지."

존은 오랫동안 생각에 잠긴다.

삼인방은 재촉하지 않고 존이 방금 들은 말을 곱씹기를 기다린다.

\*

그냥 우주가 무한하다고 말하는 건 의미 없는 일이었다. 무한한 우주를 어떻게든 채우고 모든 게 기계처럼 맞물려 돌아가게 해야 했다.

그 일은 영국의 뉴턴이—비록 존은 데카르트 쪽이 더 마음에 들었지만—해낸 듯했다. 만유인력의 법칙을 적용하면, 태양계의 천체가 서로 맞물려 움직이는 방식을 그럴듯하게 설명할 수 있었다.

그러면 별들은 무한한 우주에 고르게 퍼져 있기만 할까? 그럴 리가 없었다. 은하수가 사실은 별의 집합이며, 수많은 별이 인력이 이끌려 큰 덩어리로 회전하고 있다는 이론이 등장했다.

그 시기 요한은 장이라는 이름으로 프랑스를 떠돌고 있었다. 지적으로 흥미로운 시기가 이어졌던 덕분인지 장은 늑대인간처럼 충동에 휩싸여 사람을 죽이는 대신 망원경으로 밤하늘을 바라보고 있을 때가 많아졌다. 비록 나서서 활동할 수는 없었지만, 나날이 등장하는 새로운 관측 결과와 이론을 확인해보는 데도 소박한 재미가 있었다.

장은 은하수를 관측하며 구름처럼 보이는 게 사실은 아주 멀리 떨어진 별무리라는 갈릴레이의 말을 확인했다. 정말 별이 무리를 이루고 있다면, 그 밖의 공간에는 무엇이 있을까? 무리에 끼지 못한 외로운 별들이 드문드문 퍼져 있는 걸까?

상상의 나래를 펼치던 장은 임마누엘 칸트가 주장한 섬우주론을 읽은 뒤 또 한 번 가슴이 시원해지는 경험을 했다. 우리 태양이 속한 별의 무리가 하나의 섬우주이며, 우리 섬우주 밖에는 다른 섬우주가 흩어져 있다…. 그러면 섬우주끼리도 무리를 지을 수 있을 것이고, 그 또한 보편적인 법칙으로 설명할 수 있다…. 장은 벅차오르는 감정을 느꼈다.

천문학에 조금이라도 관심이 있는 사람이라면 붙잡고 섬우주 이야기를 늘어놓고, 간혹 충동에 이끌려 못된 짓을 저지르며 지내는 시간이 한동안 이어졌다. 천왕성이 발견되면서 태양계에 더 많은 행성이 있다는 소식도 흥미로웠지만, 장은 천왕성 발견자인 허셜이 그린 은하수의 그림에 더 많은 관심이 갔다. 밤하늘에 있는 별의 개수를 세어 그린 은하수 지도는 마치 후크가 현미경으로 보며 그린 세포 같은 모습이었다. 얼핏 보기에는 보잘것없었지만 장은 그 규모를 상상하며 샘솟는 경이감을 즐겼다. 나중에 은하를 우주의 세포라고 부르게 된다는 사실을 그때 알았더라면 더욱 신이 났으리라.

하지만 칸트의 아이디어가 주류가 되기까지는 꽤

오랜 시간이 걸렸다.

시간이 흘러 1920년의 어느 봄날, 장, 아니 존은 워싱턴의 스미소니언 자연사박물관에 나타났다.

★

이윽고 존이 입을 연다.

"대전제는 말할 것도 없고…. 몇 가지 의문이 생기는군. 일단 우리의 수명이 유달리 긴 이유는 뭐지? 평범하게 살다 죽는 인간들을 가지고도 같은 일을 할 수 있지 않나?"

이번에는 라훌이 대답한다.

"이건 추측이지만, 아마 코드와 관련된 문제인 것 같아. 새로운 의식을 만들 때 코드를 복제하면서 약간의 변화를 줄 텐데, 이게 많이 반복될수록 버그가 생길 수 있거든. 우리 같은 경우는 버그를 최소화하기 위해 일단 만든 코드를 가능한 한 오래 사용하는 거라고 볼 수 있겠지. 회복 불가능한 정도의 피해를 입어야만 삭제하고 새로 만들지 않을까?"

"난 왜 되살아날 수 있었던 거지?"

"사실 우리도 확신이 없었어. 당신의 행적은 어떻

게 알아내긴 했지만, 시체 손상 정도를 알 수 없었으니. 어쨌든 결과적으로는 성공한 걸 보면 당신의 코드는 시뮬레이션에서 삭제당하지 않고 남아 있었던 셈이야."

"내가 누군지, 어디 묻혀 있었는지는 어떻게 알았지?"

"어디서 정보를 얻었다고 해두지."

다시 미셸이 끼어든다.

"그럼 당신들은 얼마나 오래 산 거야?"

삼인방은 서로 쳐다보더니 답한다.

"난 1888년부터."

알렉산더의 답이다.

"난 1969년."

이번에는 라훌.

미셸은 미소만 짓고 있다가 대답하는 대신 존에게 묻는다.

"당신은 언제 태어났지?"

"내가 좀 오래됐군. 18세기야."

존은 적당히 거짓말로 둘러댄다. 굳이 차이를 드러내고 싶지 않다.

"어이쿠, 노인이시군."

라훌이 이를 드러내며 웃는다. 존도 마주 웃다가 정색하며 묻는다.

"여전히 이해할 수 없어. 시뮬레이션 안 가상의 의식이 우주에 관해 어떤 이론을 갖게 되면 그 안에서 그런 우주가 구현된다고? 그게 우리가 지금 보는 우주라고?"

"맞아."

"하지만 동물은 빼도…."

"동물은 안 쳐. 애초에 그렇게 만든 거야. 외계인 같은 것도 없어."

"흠. 그럼 시뮬레이션은 언제 시작된 거지? 지구의 나이가 45억 년이라는 건? 공룡은?"

"그런 건 현상을 보고 추론한 결과일 뿐이야. 그런 역사가 실제로 있었다는 보장은 없지. 화석은 처음부터 그 모습 그대로 만들어놓을 수 있잖아? 공룡? 인류의 조상? 그것도 그저 누가 땅에 묻어놓은 뼈를 보고 상상했을 뿐이야."

"어디서 많이 듣던 논리인데…."

"그리고 시뮬레이션이 시작되고 얼마나 지난 건

지는 우리도 정확히 모른다네."

존은 대강 알 수 있을 것 같다. 이들의 말이 옳다면 말이지만. 하지만 아무 말 않고 다음 질문으로 넘어간다.

"이게 핵심인데, 그 의식, 인간이란 게 한둘이 있는 게 아니잖아. 지금은 인구가 1,000만 명도 안 된다고 하지만, 내가 마지막으로 봤을 때만 해도 20억이 넘었어. 만약 그 사람들이 제각기 다른 우주관을 갖고 있다면 시뮬레이션은 어떻게 되나?"

미셸이 기다렸다는 듯이 답한다.

"그걸 물어볼 줄 알았어. 일단 시뮬레이션은 관측할 수 있는 현상을 잘 설명할 수 있는 구조를 채택한다는 점을 염두에 두라고. 만약 모든 사람이 제각기 다른 시선으로 세상을 바라보았다면, 소위 과학이란 건 발전할 수 없었을 거야. 한 사람의 능력에는 한계가 있으니까. 따라서 사람이 관측할 수 있는 범위도 초창기의 상태 그대로였겠지. 해는 하루에 한 번 떴다 지고, 계절마다 별자리가 다르게 보인다는 뭐 그 정도? 그때 실제로 우주가 어떻게 생겼는지는 아무런 의미가 없어. 태양이 우주에 있는 커다란 불덩이든 하늘을 날아가는 마차든 새든 아무 상관이 없어. 눈에 보이는 현상만 똑같으면 되는 거야. 실체가 아직 정해지지 않았다고 할 수 있지."

"납득은 되지 않지만, 일단 계속해봐."

"하지만 사람들은 무리를 지어. 눈에 보이는 세상을 설명하는 이론을 두고서도 무리를 짓지. 그러면서 공통의 목적이 생기고 그것을 달성하는 기술과 이론이 발전해. 그 결과 현상을 설명하는 이론이 작은 규모에서부터 보편성을 띠기 시작하네. 물론 아주 오래전에는 다들 떨어져 살다 보니 지역별로 이런 생각이 모두 달랐지만, 공통적인 부분은 있었어. 가령 옛날에는 거의 모두가 땅이 평평하다고 생각했잖아? 그때는 실제로 땅이 평평했을 거야. 모두가 항성 천구가 있다고 생각한다면, 그러면 실제로 항성 천구가 있는 거야. 기억하라고. 눈에 보이는 현상만 만족하면 된다는 걸."

존은 고개를 흔든다. 받아들이기 힘든 이야기다. 미셸은 탄력을 받은 듯 말을 멈추지 않는다.

"패러다임이라는 개념을 들어봤나? 아, 아직 그때는 없던 이야기던가? 쉽게 말하면, 동시대 사람들이 공유하는 인식 체계야. 역사가 흐르면서 제멋대로이던 이론은 천천히 패러다임을 형성하지. 수많은 인식 체계가 난립할 때 시뮬레이션 속의 우주는 여러 상태가 확률적으로 혼재되어 있었을 거야. 그러다 충분히 많은 사람이 한 가지 우주관을 공유하면, 그때부터 그런 우주가 실체를, 물론 시뮬레이션 안이지만, 갖추기 시작하는 거지."

"터무니없군. 과학은 그런 게 아니야. 우리가 모르고 있던 자연법칙을 찾아가는 과정이 바로 과학이지. 이론이 현상을 앞서는 경우가 얼마나 많은데 그래? 어떤 가설이 먼저 나오고 나중에야 그걸 입증하는 증거가 쏟아져나오는 사례는 얼마든지 있다고. 가령 상대성이론의 경우 에딩턴이 중력에 의해 별빛이 휘는 현상을…."

"하지만 인간은 어떻게든 합리화를 해! 그렇게 많이 보고도 인간은 어떤 현상이든 마음대로 해석하는 대단한 능력을 가진 존재라는 걸 모르나? 객관적 사실이 아니라 인식 체계에 걸러진 허상을 받아들인다고! 10세기 사람에게 21세기의 천체 사진을 보여주며 설명해보라고 하면 무슨 설명이 나올 것 같나? 아무리 노력해도 당시의 보편적인 인식 체계를 벗어나는 건 힘들어."

"그래도 많은 과학자가 그렇게 해왔지. 드물게 고정관념에서 벗어나 새로운 이론을 제창하는 자들이 있었어. 덕분에 우리는 이 넓은 우주를 더욱 잘 알게 된 거지. 다수결로 만든 게 아니라고!"

존이 항변하자 미셸의 얼굴에 웃음기가 돈다.

"맞아. 그런 사람이 있지. 그런 사람의 사상을 억압하는 반대자를 없애서 더 널리 퍼지도록 하는 게 바로 우리가 신에게 받은 임무야. 당신도 수많은 사람을 죽였겠지, 그렇지 않나?"

존은 뭔가 말하려다가 입을 다문다. 잠시 침묵이 감돈다. 숨을 돌린 존이 다시 말한다.

"흥, 백번 양보해서 그 가설을 인정한다고 해도 너무 허점이 많아. 일단 충분히 많다는 게 얼마나 많은 걸 이야기하는 거지? 100명 중 60? 70? 기준이 뭔가?"

"정확한 기준은 모른다는 걸 인정해야겠군. 하지만 우리는 이 이론에 자신이 있어. 우리가 보는 우주는 변화가 가능한 존재야. 우주는 고정되어 있는 게 아니라 사회적으로 구성되는 거라고."

미셸의 목소리에는 확신이 넘친다. 존은 다른 반론을 던진다.

"또, 한 가지. 근대 이전에는 모든 세계가 같은 세계관을 공유하기 어려웠어. 유럽의 패러다임은 중국에서 별 영향력이 없었을 테고, 반대도 마찬가지지. 그런 지역이 한둘이 아니라고. 그렇다면 사실상 근대 이전에 우주는 어떤 상태였던 건가? 여러 가지 확률이 뒤죽박죽 섞여 있는 상태?"

"그렇게 볼 수도 있고."

존은 코웃음을 친다. 그러자 가만히 있던 알렉산더가 미셸을 거들기 시작한다.

"뒤섞여 있다고 해도 패러다임의 튼튼함에 따라 확률에 차이가 날 수 있어. 다른 가설도 있는데, 들어보겠어?"

"휴우, 그러지."

"아까 이야기했듯이 오래전에 맨눈으로 하늘을 보는 시절에는 지구 밖의 상태가 정해져 있지 않았을 거야. 관찰자에게 일정한 모습만 보여줄 수 있으면 그 이상은 굳이 마련해놓을 필요가 없으니까. 아니, 땅에 관해 이야기해보지. 조금 전에 모두가 땅이 평평하다고 생각한다면 실제로 땅이 평평했을 거라고 했는데, 거기서 오해가 생길 수 있어. 정확히는 사람의 눈에 보이는 땅만 평평한 거야. 한 사람이 볼 수 있는 데는 한계가 있으니까 최소한 거기까지. 그 너머는 아무래도 상관없는 거야. 굳이 정해놓지 않는 거지."

"그래서?"

"그런데 만약 어떤 사람이 뭔가를 개발해서 하늘 높이 올라간다고 생각해보자고. 한참을 올라가니까 지평선이 점점 휘는 것 같아. 마치 땅이 둥근 것처럼 말이지. 하지만 어느 관측이나 그렇듯이 처음부터 확신할 수 있는 건 없어. 뉴턴은 프리즘으로 나눠보고 태양 빛이 일곱 가지 색깔로 이루어졌다고 했지만, 누군가에게는 여덟 가지나 여섯 가지로 보이기도 했어. 애초에 연속적인 빛의 스펙트럼이 몇 가지 색으로 나뉘어 보인다는 것부터가 인간의 관측이 객관적이지 않다는 증거야. 마찬가지로 어떤 사람의 눈에는 지평선이 직선으로 보일 수도 있고, 어떤 사람에게는 곡선으로 보이기도 해. 그렇겠지? 아까 당신이 이야기한 에딩턴이 별빛은 휘지 않았다고 판단했어도 누가 뭐라 할 수 없었을 거야. 하지만 에딩턴은 빛이 휘었다는 쪽을 선택했지. 초창기의 관측은 애매할 수밖에 없기 때문에 결국에는 관찰자의 의식적, 무의식적인 의도에 좌우되고 말지. 뭐, 상대성 이론은 시뮬레이션의 기본 설정 중 하나라 에딩턴이 아니었어도 결국에는 증명됐을 것 같지만. 어쨌든, 그 상태에서 다시 지상으로 내려온 그 사람은 이제 선택을 해야 해. 지평선이 직선이라고 생각하고 역시 땅은 평평하다고 결론 내리거나 아니면 땅이 평평하지 않을지도 모른다고 의심하는 거야. 그리고 여기서 더 나아가 땅이 둥글다고 가정하고 자신의 눈에 보이는 현상을 더 깔끔하게 설명하는 이론을 만들어 낼 수도 있겠지. 이 경우 그 사람은 기존의 범위를 넘어 다른 누구도 보지 못했던 현상을 관측할 수 있었어. 이런 식으로 일부, 또는 소수라고 해도 관측에서 나머지 인류보다 우위를 점한다면 수적으로 밀리는 상황에서도 자신의 패러다임을 더 강화할 수 있다는 가설이야."

"처음에는 애매해 보여도 관측 기술이 발달하면

분명해진다고."

"그때쯤에는 이미 이론이 확립되었으니까. 그 정도까지는 우주가 정해진 상태가 된 거지. 그러면 시뮬레이션은 또 다른 애매한 현상을 보여줘. 언제나 관측 기술의 한계 근처에서 사람을 헷갈리게 하고 새로운 이론을 만들어보라고 종용하는 거야."

존은 말문이 막힌다. 분명히 있다는 확신은 있었지만 당장 제시할 반례가 마땅히 떠오르지 않는다.

"우리끼리도 아직 토론하고 있는 주제니 이해해줘."

라훌이 웃으며 마무리한다.

존은 잠시 술잔만 바라보다가 남은 위스키를 마셔버리고는 심호흡하며 일어선다.

"솔직히 말해 인상적이긴 했어. 재미있었다는 건 인정하지. 고작 셋이 머리를 맞대고 앉아서 이런 생각을 해냈다니 정말 대단하기 짝이 없구먼. 그런데 결정적인 문제가 있어. 바로 증명이 불가능하다는 거야. 너희들이 만든 가상현실 속에서 평생 산 사람에게 자신이 가상현실에 있다는 걸 증명하라고 하면 할 수 있겠어? 못 하겠지. 마찬가지야. 악마가 머리에 거짓 정보를 주입하고 있다고 해도 그 사람은 그걸 절대 증명할 수 없어."

세 사람은 서로 시선을 교환한다. 이윽고 미셸이 미묘한 표정을 지으며 말한다.

"사실…, 증명은 했어."

존은 뒤로 돌아서려다 말고 미셸을 뚫어지게 쳐다본다.

"뭐라고? 당신들 셋이서 그걸 증명해?"

"아니, 한 명 더 있어. 우리 넷이 실험을 고안했지. 그리고 증명했지."

"실험? 도대체 무슨…, 어떻게…. 나머지 한 명은 누군데?"

미셸이 일어서며 말한다.

"그게 바로 당신이 죽여야 할 사람이야."

★

존은 은근한 흥분에 사로잡혀 있었다. 스미소니언 자연사박물관의 한 강당에는 여러 천문학자와 존처럼 관심이 있는 일반인이 앉아서 세기의 논쟁이 시작하기를 기다리고 있었다.

논쟁을 벌이는 두 사람은 할로 섀플리와 히버 커

티스. 논쟁의 주제는 바로 우주의 크기 그리고 구조와 관련이 있었다. 섀플리는 은하수가 우주 전체이며 안드로메다 같은 천체는 우리은하 안에 있는 성운 하나에 불과하다고 주장했다. 커티스는 반대로 안드로메다가 우리은하와 같은 외부 은하라는 입장이었다.

존은 당연히 칸트의 뒤를 잇는 커티스에게 동조했다. 섀플리가 모습을 드러내자 강한 적의가 일었다. 만약 토론에서 섀플리가 승리를 거둔다면 존은 섀플리를 죽이게 될지도 몰랐다. 벌써 뱃속이 울렁거렸다. 그동안 존에게 목숨을 잃은 섬우주 반대자가 몇 명이었던가. 그들이 그저 불운했을 뿐이라는 건 알고 있지만, 존도 어쩔 수 없었다.

섀플리와 커티스는 각자 자신의 생각을 발표하고 상대의 이론에 반론을 제기했다. 섀플리는 만약 안드로메다가 외부의 또 다른 은하라면 그 거리는 무려 수십억 광년이 될 수밖에 없다는 점을 근거로 들었다. 빛의 속도로 수십억 년이나 가야 하는 거리. 그건 말도 안 될 정도로 너무 멀다, 우주가 그렇게 클 수는 없다는 이야기였다.

커티스는 안드로메다에서 발견된 신성의 수가 은하수 전체의 신성보다 많다는 사실을 제시했다. 안드로메다가 작은 성운에 불과하다면 있기 어려운 일이었다.

섀플리와 커티스는 은하수의 크기를 비롯한 여러 사안에서 의견이 달랐다. 번갈아 발표를 마친 뒤에는 천문학자 헨리 러셀의 사회로 토론이 이루어졌다.

훗날 천문학의 대논쟁이라고 불린 이 토론회에서 존이 끝까지 충동을 억누를 수 있었던 건 승부가 났다고 생각했기 때문이었다. 기껏해야 준비해 온 글을 읽기만 하다시피 발표했던 섀플리와 자료를 제시하면서 동시에 유려한 언변으로 청중을 사로잡았던 커티스를 비교하면 누구에게 설득력이 있는지는 자명했다.

섀플리가 눈에 보일 때마다 주먹을 부르르 떨던 존은 토론이 끝나자 승리감을 느꼈다. 이제 우리는 진정으로 경이로운 우주를 가질 수 있게 되었다!

그러나 존에게는 놀랍게도, 그날의 대논쟁은 그다지 언론의 주목을 받지 못했다.

무엇보다 존의 생각과 달리 커티스가 분명히 이겼

다고 보는 분위기도 아니었다! 섀플리와 커티스 모두 자신이 이겼다고 생각했고, 그날의 토론은 뚜렷한 결론을 내지 못했다. 두 사람은 이후로도 논문을 통해 서로 반박하며 대결을 계속했다.

존의 일시적인 승리감은 쉽사리 허물어지고 말았다. 그래도 섀플리나 다른 동조자를 죽이려는 생각은 잠시 접어두었다. 내면의 충동과 싸워오면서 존이 처음으로 거둔 소소한 승리이기도 했고, 한편으로는 결국 섬우주론이 이길 수 있다는 확신이 있어서이기도 했다.

존은 기다리기로 했다. 그리고 기다림에는 걸맞은 보상이 있었다.

몇 년 뒤 티베트에서 고행의 길을 걷고 있을 때 에드윈 허블이 섀플리에게 편지를 한 통 보냈다. 그 편지에는 안드로메다에서 발견한 변광성에 관한 내용이 담겨 있었다.

섀플리는 편지를 읽고 이렇게 말했다.

"여기 내 우주를 파괴한 편지가 있다."

어쩌면 허블의 편지는 존의 충동까지 파괴한 걸지도 몰랐다. 수많은 은하로 이루어진 방대한 우주의 탄생을 본 존은 오랫동안 자신을 괴롭히던 충동이 많이 수그러들었다는 것을 느꼈다. 허블의 우주 팽창의 발견까지도 흐뭇하게 바라본 존은 문득 그동안 사람을 죽이고 다닌 과거에 대해 속죄해야겠다는 생각이 들었다.

존은 의학을 공부해 의사가 되었고, 제2차 세계대전이 터지자 군의관으로 복무했다. 그리고 어느 날 야전병원에서 부상병을 돌보다가 근처에 떨어진 포탄의 파편에 가슴이 꿰뚫려 사망했다.

★

삼인방은 존이 죽여야 할 상대와 이유를 알려준다.

"그 사람의 이름은 대용. 우리와 같은 종류야. 아마 당신보다 나이를 더 먹었을지도 몰라. 인구가 줄다 보니까 우리와 같은 자를 많이 만날 수 있더군. 서로 모여서 그동안의 경험, 온갖 과학 이론 등을 이야기하다가 시뮬레이션 가설을 떠올린 거야. 그리고 마지막까지 남은 우리 넷은 그걸 입증할 실험을 고안하고 오랜 준비 끝에 시도해보았어."

"어떤 실험?"

"살아남은 사람들이 슬슬 가상현실로 들어가고 있던 때였지. 우리는 패러다임의 형성에 가상현실 속의 의식도 똑같이 기여한다고 가정했어. 그러자 재미있는 아이디어가 떠오른 거야. 누가 먼저 이야기했더라? 하여튼 우리는 오랫동안 쌓은 지식과 강한 신체 저항성으로 쉽게 지도자의 위치에 올랐고, 결국 지금의 시스템을 장악할 수 있었어. 핵심은 이거야. 가상현실에서 태어나 살게 된 사람은 가상현실 외부를 모른다고 말했지? 즉, 우리는 가상현실을 조작해 그 안의 사람들에게 우리가 만든 세계를 보여줘서 현실 인식을 왜곡할 수 있어. 쉽게 말해 세뇌를 할 수 있다고 할 수 있지. 그러면 그 안의 사람들은 자기가 보는 세계가 진짜인 줄 알아."

"설마?"

"맞아. 우리는 지구의 인구 대부분이 가상현실에 들어간 뒤 가상현실과 그 안의 의식을 조작해 가짜 세상을 보여주고 믿게 만들었어. 달이 두 개인 세상, 태양이 두 개인 세상 등 몇 가지를 시험해보았지. 거의 모든 사람이 그 세상이 진짜 세상인 줄 알게 되었고, 그 결과…."

"설마!"

"진짜야. 정말로 달이 두 개 뜨고 태양이 두 개 뜨는 세상이 되었지."

셋은 미셸의 그 말에 몹시 유쾌한 듯 큰 소리로 웃는다.

"그걸 봤어야 하는데. 하하. 장관이었거든."

"말도 안 돼. 당신들 설명대로라면 기존의 관측 범위 밖에서만 불확정 상태였다가 이론에 따라 정해진다는 거 아니었나? 기존에 뻔히 보이던 달과 태양이 어떻게 달라질 수 있지? 그것 때문에 지구가 영향을 받지 않아?"

"우리도 그런 줄 알았지. 그런데 그게 그 실험에서 얻은 성과야. 절대다수가 똑같은 현상을 보고 그게 진짜라고 믿는다면, 기존의 우주를 뒤엎고 그 현상을 실제로 구현할 수 있다는 것. 물론 달이나 태양이 두 개로 보이는 건 현상일 뿐 그걸 설명하는 보편적인 이론은 없으니까 지구 밖은 정해지지 않은 상태였겠지. 마치 우주론이 정립되기 이전 시대처럼. 더 나아가 엄밀한 이론과 관측 증거를 만들어냈다면, 아마 그 현상에 맞는 태양계도 만들 수 있었을 거야."

"우주를 마음대로 만들 수 있다…?"

"그렇지. 지금은 사실상 실제 천문 관측이 전혀 이루어지고 있지 않아. 가짜 관측 결과와 이론만 가상현실에 주입하면 원하는 대로 우주를 만들 수 있는 거야."

존은 연이은 충격에 정신을 차릴 수가 없다.

"당시에 우리도 깜짝 놀라서 곧바로 세상을 원래대로 되돌렸어. 그리고 한동안 아무도 그 이야기를 하지 않았네. 그러던 어느 날 우리는 대용이 뭔가 꾸미고 있다는 사실을 알아내고 막으려 했는데, 그자는 눈치가 빨랐어. 어느새 유라시아 대륙의 시설을 장악해버렸지 뭐야. 우리는 간신히 이곳을 고수하는 데 성공했지. 그쪽 인구가 더 많긴 하지만 우리 쪽도 수가 만만치 않아서 그자 혼자서는 세상을 마음대로 바꿀 수 없어. 하지만 언제까지나 이렇게 있을 수는 없지. 그자는 지금 이 세상의 큰 위협이야. 언젠가는 없애야 해."

어느새 인간은 전쟁 때 사용하는 소모품보다도 못한 취급을 받고 있는 듯하다. 전쟁 때도 어딘가에서는 그랬겠지만, 여기서는 정말 숫자에 불과한 느낌이다. 그저 우위를 점하기 위한 수 싸움에 동원될 뿐인 의미 없는 존재. 이게 그토록 잘난 척하던 인간의 말로란 말인가.

전쟁터에서 죽어가는 병사를 살리려고 고군분투하던 기억이 떠오른다. 인간이 정말 프로그램에 불과하다면 그건 정말 헛된 일이었던 게 아닌가. 사람을 죽였다고 죄책감에 괴로워하던 일도 부질없는 짓이었던 셈이다. 존은 이자들이 인간을, 심지어 살아 있는 인간을 대할 때도 정말 하찮게 대했다는 사실을 새삼 떠올린다. 자신도 다를 바 없는 존재이면서.

"왜 직접 없애지 않지? 왜 내가 필요하다는 거야?"

이번에는 라훌이 대답한다.

"그게 쉽지 않아. 누굴 보내고 싶어도 사람이 없잖아. 군대니 암살자니 하는 건 예전에 없어졌고, 이제는 누구를 설득하고 훈련시키기도 어려워. 애초에 웬만한 사람은 그자에게 접근할 수도 없고, 로봇은 아직 그 정도 수준이 안 되고. 우리는 얼굴을 다 아니 직접 할 수도 없어."

"접근하는 것도 어렵다면서 내가 어떻게…."

"당신은 우리와 같으니까. 외부에서 떠돌며 살다가 시설을 찾아온 사람으로 위장해. 그런다고 만날 수 있는 건 아니지만 우리끼리만 아는 언어로 말을 하면, 얘기가 다르지. 그자도 동료가 필요할 테니까 일단 만나보기는 할 거야. 그 뒤에 기회를 봐서 죽이는 거야."

"그다지 정교한 계획 같지는 않은걸."

"어쩔 수 없어. 어때? 해주겠어?"

알렉산더가 눈빛을 반짝이며 묻는다. 존의 대답은 이미 정해져 있다.

"아니. 하지 않을 거야. 난 이제 누구도 죽이지 않겠어."

"그자가 신이 주신 우리의 사명을 가로막는다 해도?"

존이 눈썹을 꿈틀거린다.

"우주…?"

"그래."

존은 그래도 고개를 젓는다.

"잘 모르겠지만, 난 더 이상 그런 강박을 느끼지 않아. 완전히 사라진 건 아니지만…. 최소한 내 행동을 좌우할 정도는 되지 않지. 왠지는 몰라. 어쩌면 우주가 이미 충분히 넓기 때문일지도 모르지. 지금까지 우주론이 얼마나 발전했는지도 살펴봤어. 만족스럽더군. 이제 내 사명은 끝난 거야."

"아니야. 다시 생각해봐야 할 거야."

미셸이 자기 앞에 놓여 있던 키보드를 조작하자 한쪽 벽에 걸려 있는 디스플레이가 켜지면서 한 남자의 모습이 나타난다.

동아시아인으로 보인다. 일본인? 중국인?

남자는 허름한 강단 위에 서 있다. 미셸이 다시 키보드를 건드리자 남자가 열정적인 몸짓을 하며 말하기 시작한다. 남자의 옆에는 극장 스크린 같은 게 걸려 있었고, 그곳에는 남자의 말에 따라 영상이나 사진, 그림이 나타난다.

남자의 무슨 이야기를 하고 있는지를 깨달은 존의 표정이 굳는다. 영상 속의 스크린에 떠오른 그림은 아주 익숙한 것이다. 스타일이 다르고 표현이 세련되었지만, 내용은 전과 같다.

프톨레마이오스의 우주. 아리스토텔레스의 철학을 이어받아 프톨레마이오스가 체계화한 우주론이다. 대용이라는 남자는 그 우주론을 설파하고 있다.

카메라가 바뀌며 남자의 이야기를 듣고 있는 수

많은 청중의 모습이 나타난다. 모두 진지한 표정으로 고개를 끄덕이고 있었다. 영상이 다시 바뀌며 컴퓨터그래픽이라는 것으로 만든 듯한 프톨레마이오스 우주의 모습이 나타난다. 지구가 중심에 자리하고 수십 개의 천구로 둘러싸인 답답한 우주….

그 순간 존은 잠시 잊고 있던 충동이 되살아나는 것을 느낀다. 존의 감정이 얼굴에 역력하게 드러난 모양이다. 흐뭇한 표정을 지으며 바라보는 미셸의 시선이 느껴진다. 존은 숨을 고르며 가능한 한 차분하게 말한다.

"이제 와서 저게 무슨 소용이지? 다 끝난 일 아닌가? 20세기에도 지구가 평평하다고 믿는 사람들은 있었어. 하지만 대세에는 영향을 주지 못해."

"물론 지금 영상은 아니야. 지금은 사람들이 거의 가상현실에서 생활하니까. 저런 강연회도 없지."

존은 문득 의문이 든다.

"우리와 같은 종류라고 하지 않았나? 왜 저런 소리를 하는 거지? 그리고 청중은 누구야? 거의 다 가상현실에 들어가 있다고 했는데."

알렉산더가 코웃음을 치고, 라훌은 고개를 절레

절레 흔든다. 미셸이 위스키를 한 모금 마시고 대답한다.

"모르겠어. 어쩌면 너무 오래 살아서 버그가 생겼을지도 모르지."

이 말을 하며 미셸은 존의 눈치를 살짝 살핀다.

"하여튼 그 실험 이후로 이상해졌어. 우리와 좀 떨어져 지내겠다고 하더니 남은 사람들 대상으로 저런 짓을 하고 있더라고. 저 옛날 우주론을 가상현실에서 구현하려고 자료를 만들고 있던 거야. 우리는 큰일 났다 싶어서 그자가 가상현실에 접근하지 못하게 하려 했는데, 선수를 빼앗겼어. 결국 여기만 지킬 수 있었지. 그자가 여기까지 장악한다면 우주는 저렇게 변해버릴 거야. 우리로서는 절대 용납할 수 없는 일이지."

미셸은 화면에 떠 있는 프톨레마이오스 우주 그래픽을 가리킨다. 존의 의지와 관계없이 심장이 두방망이질 치기 시작한다.

# 3

 사람은 보고 싶은 것을 본다.

 관측이 대체로 불확실할 뿐 아니라 다른 요소에 쉽게 좌우된다는 건 옳은 말이다. 명성 있는 천문학자였던 아드리안 마넨은 바람개비 성운을 관측하고는 성운이 돌아가고 있는 증거를 찾았다고 주장했다. 평생에 걸쳐 관측한다고 해도 아주 멀리 떨어져 있는 거대한 은하가 돌아가는 모습을 본다는 건 불가능했으므로 바람개비 성운은 우리은하 안에 있는 천체라는 결론이 나온다. 이는 섀플리의 주장을 뒷받침했다.

하지만 나중에 마녠의 관측에는 오류가 있었다는 게 드러났다. 과연 단순한 오류였을까? 아니면 섀플리가 틀렸다는 게 대세가 되면서 비로소 그렇게 정해진 걸까? 만약 당시 모두가 섀플리의 의견에 동조하고 허블의 관측조차 억지를 써서라도 섀플리가 옳게 되는 방향으로 해석했다면 어떻게 됐을까? 시뮬레이션 속의 우주가 섀플리의 우주를 완성하면서 이후에는 더욱 정교한 관측조차 자연히 그와 일치하는 결과를 내놓았을까?

그동안 존 역시 보고 싶은 것만 보아왔던 것일까? 삼인방의 말대로 우주의 비밀을 조금씩 밝혀온 게 아니라 원하는 방향으로 우주가 생겨나게 하는 데 일조했던 것일까?

잠수함을 타고 북극해를 건너가는 동안 존은 주로 생각에 잠긴 채 시간을 보낸다. 비록 반박에 실패하고 어느 정도 수긍하긴 했지만, 삼인방의 말을 곧이곧대로 믿을 수는 없다. 수천 년을 살아보지 않아도 그 정도는 충분히 생각할 수 있는 일이다.

"아직도 의심스러워?"

알렉산더가 묻는다. 잠수함 자체는 무인으로 움

직이지만, 알렉산더는 존을 유라시아 대륙까지 데려다주기로 했다.

존은 냉담한 시선으로 알렉산더를 바라본다. 알렉산더가 다시 묻는다.

"태양이 두 개 떠 있는 모습을 찍은 영상을 봤잖아?"

"당신들은 가상현실도 만들 수 있는 기술력이 있는걸. 가짜 영상은 얼마든지 만들 수 있겠지. 그런 건 증거가 안 돼."

"그렇다 해도 지금 속으로는 참을 수 없을 지경인 거 알아. 우리도 그랬으니까. 우리 모두 마찬가지 심정이고, 지금 이 일을 할 수 있는 건 당신뿐이라 어쩔 수 없이 부탁하는 거야."

존은 여전히 표정을 풀지 않는다.

"직접 보면 알게 될 거야. 우리의 사명을 위해서는 그자를 죽여야 한다는 걸."

존이 야릇한 미소를 띠며 알렉산더에게 말한다.

"그런데 여태껏 직접 해결하지 못했다는 게 의문이군. 셋이나 있으면서."

"지금은 당신이 아는 세계와 달라. 가까이 접근하는 것 자체가 불가능하다고. 솔직히 전쟁 생각도 안

해본 건 아니지만, 그건 결과를 장담할 수 없는 일이거든."

존은 지금도 전쟁이 가능하다는 사실을 기억해 둔다. 하지만 병력이 없는 시대의 전쟁이 어떤 모습일지는 잘 상상이 되지 않는다.

"그리고 우리 모두가 암살에만 특화된 건 아니야. 당신은 내가 누군지 모르겠어?"

"그게 무슨 소리지?"

"한 번 죽기 전에도 날 몰랐을 리가 없을 텐데, 후후."

뜬금없는 질문에 존은 혼란스러워진다. 내가 저자를 알았다고? 하지만 존은 아르케실라오스 외에 동류를 만난 적이 몇 번 없다. 대부분은 알아도 모른 척하며 외면하곤 했으니까.

"외모가 좀 바뀌긴 했지만, 내 원래 이름은 알았을 거야. 알렉산드르 프리드만이라고."

"프리드만?"

당연히 알았다. 물리학자. 프리드만 방정식으로 팽창하는 우주를 제시했던….

"네, 네가 그 프리드만이라고?"

"맞아. 나도 각성하고 난 뒤 다른 자들과 비슷한 충동을 느꼈는데, 그 충동이 비교적 약했던 모양이야. 어린 나이였으니까 사람을 죽이는 게 무섭기도 했고. 예전처럼 야만적이었던 시대도 아니고. 오히려 나는 더 넓고 변화무쌍한 우주론을 만드는 데 집중했어."

"그 프리드만은 죽은 것으로 아는데."

알렉산더는 어깨를 으쓱해 보인다.

"어쩔 수 없잖아? 늙지 않는 외모로 의심을 사지 않으려면 우리 모두 다 평생 죽음을 위장하거나 아무도 모르는 곳을 떠돌며 살아왔잖아. 다행히 우리 같은 몸으로는 죽음을 위장하는 게 쉽지. 조력자만 몇 명 있다면야."

맞다. 존도 그랬다.

하긴 생각해보면 동류 중에서 과학자가 나오는 것도 이상할 게 없다. 어쩌면 꽉 막힌 인간들을 죽여 없애는 것보다 더 효율적일 수도 있다. 존에게도 그런 능력이 있었다면 이렇게 살인자가 되지 않았을지도 몰랐다.

\*

 목적지에 가까워지자 알렉산더가 통신기로 누군가와 말을 주고받기 시작한다. 얼마 뒤 알렉산더가 침상에 누워 있는 존에게 다가와 이제 갈 시간이라고 말한다. 알렉산더를 따라 잠수함 밖으로 나가자 어두운 바다 위에 약하게 조명을 밝힌 배 한 척이 떠 있다. 온난화라 하지만 극야의 바다는 추웠다.

 잠수함 옆에는 한 남자가 타고 있는 보트가 붙어 있다. 남자의 모습은 어두워 잘 보이지 않는다.

 "이제부터는 저 사람이 안내해줄 거야. 어떻게 하기로 했는지는 기억하지?"

 존은 말없이 보트에 탄다. 남자가 손을 내밀며 말한다.

 "난 레프라고 하오."

 러시아 억양이 묻어나는 영어다. 존은 말없이 손을 잡는다. 가까이서 보니 장발에 수염이 덥수룩하다. 털 때문에 나이는 짐작이 잘 되지 않는다. 중년? 어쩌면 더 젊을 수도.

 존이 배에 타는 모습을 본 알렉산더는 손을 들어

보이고는 다시 잠수함으로 들어간다. 잠수함은 다시 물속으로 들어가고 존이 탄 배만 어둠 속에 남는다. 배에는 레프 외에도 선원이 몇 명 더 있었지만, 아무도 존에게 관심을 보이지 않는다.

"다 사리 분간 잘하는 친구들이지. 걱정 마쇼."

레프는 존을 선실로 데려가 갈아입을 옷을 준다. 갈아입고 나자 존의 모습도 여느 선원과 다를 바 없게 된다.

존은 다시 갑판으로 나와 레프에게 그곳의 상황을 물어본다. 레프는 심드렁하게 답한다.

"다 비슷하지 뭐. 시설에 안 들어간 사람들은 여기저기 모여서 농사나 짓고 근근이 사는 거지. 사람같이 살려면 시설에 들어가는 게 낫긴 한데 거기가 꽉 막혀서 싫다는 사람도 있으니까."

이야기를 들어보니 삼인방은 의약품이나 구하기 어려운 식료품 등을 제공하면서 그쪽에 정보원을 만들어둔 모양이다. 그래봤자 일반인 수준이지만. 어차피 발각되어도 별 상관없는 느슨한 통로가 아닌가 싶다. 어차피 면밀한 감시가 있는 것도 아니고 정교한 침투망이 필요한 것도 아니다.

삼인방이 없는 이상 육지에 도착하기만 하면 존은 자유다. 레프의 안내를 무시하고 하고 싶은 대로 해도 레프가 막을 방도는 없다. 애초에 막을 생각도 하지 않을 것이다.

존은 잠시 자유롭게 떠돌아다니며 지금 세상의 진짜 모습을 확인해볼까 고민한다. 그러나 레프와 자동차로 갈아타고 길도 없는 황무지를 지나면서 생각이 바뀐다. 존이 남쪽에 관해 묻지만, 레프는 질문을 잘 이해하지 못한다.

"시설뿐이지. 뭐 어딜 가나 똑같이 생긴 건물들, 그게 다요. 뭐라고? 더 남쪽? 아, 옛날에 사람들이 살았던 도시 말이요? 거긴 뭐 하러? 음, 위험할 텐데. 혼자 가면 도중에 늑대나 곰한테 잡아먹히고 말 거요. 사람들이 거기로 물건 주우러 가는 걸 관둔 지도 100년은 될 것 같은데…. 아니, 훨씬 더 남쪽? 아예 남쪽을 말하는 거라고? 에이, 택도 없는 소리 마쇼."

레프는 고개를 절레절레 흔든다. 삼인방 쪽 사람이지만, 인상이 거짓말을 하는 것 같지는 않다. 수천 년을 살면 대강 사람 보는 눈이 생기게 마련이다. 그동안 본 역사 자료도 그랬다. 거짓으로 꾸며내려면 얼마든지 할 수 있는 일이지만, 존을 속여서 뭘 하겠다고? 아무리 생각해도 딱히 그럴 이유가 없다. 그렇다면 이 세상의 몰락에 관한 삼인방의 말은 믿어도 좋을 것 같다.

그럼 이제 문제는 죽여야 한다는 그 사람에 관한 이야기의 진위 여부다. 존은 레프에게 태양이 두 개 뜬 걸 본 적이 있냐고 묻는다.

"태양이 두 개?"

"본 적 있소?"

"아니."

존의 신경이 곤두선다. 역시 거짓말인가? 그런데 레프가 너털웃음을 터뜨리며 말한다.

"난 못 봤어. 내가 고생을 많이 해서 이렇지 보기만큼 나이가 많지는 않다고, 껄껄껄. 어렸을 때 어른들에게 들었지. 달이 두 개 뜬 적도 있다고 하더군. 난리가 났었는데, 며칠 그러다 다시 원래대로 돌아왔다고. 어렸을 때는 진짜인 줄 알았는데, 지금은 모르겠어. 어른들이 아이들 재미있으라고 지어낸 이야기일 수도 있고. 전설 같은 이야기지."

전설 같은 이야기….

존은 가볍게 고개를 끄덕인다. 아무리 기이한 현상도 시간이 흐르면 종국에는 전설 같은 이야기가 되어버리고 만다. 체계적인 관측이 꾸준히 이어지고 있지 않은 상황이라면 말할 것도 없다. 그렇다면 원하는 대로 기존의 세상을, 우주를 송두리째 바꿔버린다는 게 아주 터무니없게 들리지만은 않는다.

레프 일행과 함께 서너 차례 마을에 들른다. 그때마다 마을 사람들과 이야기를 나눠보지만 신통치 않았다. 돌아오는 답변은 매번 비슷하다. 가상현실에 들어가 있지도 않은 이 사람들을 모두 세뇌시킬 수는 없는 노릇이다. 기후 재난으로 인한 인류의 몰락에는 의심의 여지가 없어 보인다.

"그건 좀 별로지 않소? 평생 거짓말만 믿고 살아야 한다는 게? 너무 바보 같은 짓이야. 난 좀 힘들더라도 이렇게 사는 게 낫소."

레프는 가상현실이 마음에 안 들어 계속 거부하고 있다고 한다. 비슷한 생각을 가진 사람들이 아직 이렇게 공동체를 이루고 사는데, 먹고사는 데는 지장이 없지만 의료나 교육 같은 측면에서는 부족함이 많아 시설의 도움을 받고 있다.

"우리야 어느 쪽이든 도움을 받으면 좋지. 물자야 풍족할수록 좋으니까. 어차피 서로 적도 아니잖아, 그렇지 않나? 허허."

두 집단의 대립이 이런 사람들에게까지 명백하지는 않은 듯하다. 한 마을에 들를 때마다 알렉산더에게 받아온 물자를 나눠주고 쉬느라 며칠씩 머문 탓에 이동 시간은 꽤 걸린다.

존은 타겟에 관해서도 물어본다.

"아, 그 사람. 잘 모르겠는데. 이름이야 들어봤지만, 본 적도 없고…."

존은 더 캐묻지 않는다. 어차피 만나보면 알 수 있을 것이다. 마지막 마을을 떠나고 하루가 지나자 지평선 근처에 드문드문 불빛이 나타난다.

"거의 다 왔네."

레프에 말에 따르면, 다른 데보다 '살아 있는'—가상현실에 들어가지 않은 사람을 가리킬 때 레프가 습관처럼 쓰는 말이다—사람이 많다고 한다. 대용이라는 자도 아마 그곳에 있을 가능성이 크다.

"그럼, 이만. 살펴 가쇼. 가까이 가다 보면 마중

나오는 게 있을 거요."

레프는 경쾌하게 손을 흔들고는 차를 몰고 가버린다.

존은 홀로 남는다. 어두워서 시설까지의 거리가 얼마나 될지 감이 오지 않는다. 존은 손전등에 의지해 땅을 살피며 불빛이 보이는 방향으로 천천히 걷기 시작한다.

건물 주위에 담이나 철조망 같은 건 없어 보인다. 어느 정도 가까이 가자 건물 외벽이 비바람에 닳고 해진 게 보인다. 수많은 사람의 안식처라기에는 거대한 산업 단지에 가까운 모습이다.

존은 누가 다가오기를 기다리며 건물 주변을 어슬렁거리며 입구를 찾아본다. 건물 주위에는 아무런 움직임이 없다. 경보라도 울려야 하는 것 아닌가?

그때 로봇 한 대가 건물을 돌아 나온다. 삼인방과 함께 지낼 때 많이 본 시설 관리 로봇과 비슷하게 생겼다.

로봇은 어기적거리며 존을 향해 기어 온다. 존은 항복의 뜻으로 두 팔을 번쩍 들어 올린다.

로봇에서 목소리가 흘러나온다. 존이 모르는 언

어였다. 로봇이 다시 말하지만, 존이 알아듣지 못하자 이번에는 영어로 말한다. 존은 고개를 끄덕인다. 로봇이 다시 영어로 말한다.

"시설에 의탁하러 오셨습니까?"

존은 그제야 입을 열어 대답한다.

"그렇습니다."

"따라오십시오."

로봇은 무성의하게 말하더니 온 길을 따라 되돌아간다. 존은 로봇을 따라간다. 건물 주변에는 길이라고 할 만한 게 있긴 하지만, 잡초가 무성한 게 철저하게 관리하는 것 같지는 않다. 로봇은 건물 몇 개를 지나친 뒤 어느 한 건물 입구로 들어간다. 존은 어떤 방으로 안내받는다.

"잠시 앉아 계십시오."

존은 방을 둘러본다. 탁자 하나와 마주 보고 있는 의자 둘. 벽은 별다른 장식 없는 시멘트고, 천장에 달린 조명 한 개가 전부다. 존은 천장을 두리번거린다. 있다. 역시 카메라가 있다.

"앉아서 기다리시면 담당자가 올 겁니다."

로봇이 말하지만 존은 선 채로 카메라를 뚫어지

게 바라본다. 그 너머에 있는 누군가와 눈을 마주치려는 듯이.

"잠시만 기다…."

"난 대용이라는 사람을 만나고 싶어."

존이 로봇을 무시하고 말한다.

"나중에 기회가 되면 만날 수 있을 겁니다. 일단…."

"난 대용이라는 사람을 만나고 싶다."

이번에는 존이 최초의 언어로 말한다.

"그 언어는 제가 이해할 수 없습니다. 영어로 말씀 부탁드립니다."

"대용이라는 자에게 전해. 동류가 만나고 싶어 한다고."

로봇은 계속해서 똑같은 소리를 반복하다가 밖으로 나가버린다. 잠시 후 젊은 아시아인 남자 한 명이 방에 들어온다.

"안녕하십니까. 어떻게 도와드릴까요? 시설에 의탁하려고 하신다고 들었는데…."

"당신이 대용인가?"

존이 묻는다. 상대가 난감한 표정을 짓는다.

"죄송하지만, 혹시 영어를 모르시나요? 중국어나

러시아어는요?"

존은 계속 최초의 언어로 대용을 만나고 싶다고 반복해 말한다. 남자는 한숨을 쉬다가 밖으로 나가 버린다.

존은 의자에 앉아 기다린다. 곧 문이 다시 열리기에 의자에서 일어나지만, 식판을 들고 온 로봇이다. 식판 위에는 빵 사이에 고기를 끼운 샌드위치와 우유가 놓여 있다. 아무래도 조금 기다려야 할 것 같다. 존은 다시 의자에 털썩 주저앉는다.

음식을 다 먹고 한참을 하릴없이 기다리자 아까의 그 남자가 다시 들어온다.

"따라오십시오."

존은 남자를 따라간다. 하지만 남자는 존을 다른 방으로 안내한다. 간소한 침대가 있는 방이다.

"지금은 밤 시간이니 여기서 쉬시죠. 보고는 올려두었으니 기다려보시고요. 만약 무슨 속셈이 있다면 쫓겨날 각오는 하는 게 좋을 겁니다. 화장실은 저겁니다."

남자는 존이 알아듣든 말든 상관없이 말하고는 밖으로 나가버린다. 뒤이어 방문을 잠그는 소리가 난다.

★

존은 그 방에서 이틀을 보낸다. 할 수 있는 건 먹고 자고 생각하는 것뿐이다. 애초에 너무 허술한 계획이었나 하는 생각이 들 무렵, 처음에 본 남자가 다시 나타난다.

"따라오십시오. 필요하면 화장실부터 다녀오시고요."

"이제 날 만날 생각이 들었나 보군."

존은 영어로 말한다. 남자가 피식 웃는다.

"영어를 할 줄 알면서…. 그 이상한 말은 뭐죠? 암호 같은 건가요?"

"말하자면 그렇지."

어떻게 해야 할지 모르는 곤란한 상황을 벗어나자 남자는 친근하게 굴기 시작한다. 괜찮은 청년 같다.

남자는 존을 차에 태워 서쪽으로 향한다.

"몇 시간 걸릴 겁니다."

"대용을 만나러 가는 건가?"

"저는 몰라요. 그냥 어디로 데려다주라는 말만 들어서."

차창 밖의 풍경은 그저 어두울 뿐이다. 밝다고 해

도 특별히 볼 게 있는 건 아닐 것이다. 과거의 다채롭던 도시와 시골 풍경 같은 건 이제 없다. 존은 밖에서 시선을 거두고 남자에게 무슨 일을 하느냐고 묻는다.

"저는 시설 외부인을 상대하는 대외협력부서 소속이라 종종 주변 마을 돌아다니면서 서로 필요한 거 교환하기도 하고, 혹시 시설로 오고 싶은 사람 있으면 데려오기도 하고 그래요. 시설이 깨끗하고 안전하긴 한데, 가끔 자연에서 잡거나 재배한 걸 먹고 싶을 때도 있고 그렇죠 뭐."

"왜 가상현실에는 들어가지 않았지?"

"혹시 가상현실에 들어가시려고요? 아니, 저희 총책임자님을 만나려는 걸 보면 그건 아닌가? 어쨌든, 전 뭐 특별한 이유는 없어요. 그냥 아직은 안 내킨다고나 할까…. 가끔 놀러 들어가긴 하는데, 그 안에서 태어난 게 아니다 보니 약간 어색하기도 하고. 이러다 거기가 더 마음에 들게 되면 아예 눌러앉을 수도 있겠죠, 하하."

"이렇게 밤이 길면 별 보기 좋겠군."

"에이, 누가 한가하게 별이나 보고 있어요."

"그럼 우주에 대해 아무것도 모르나?"

"배우기는 했죠. 태양계랑 은하랑 등등."

"안드로메다은하를 본 적 있나?"

"직접 본 적은 없고, 사진으로만 봤네요."

"태양이 두 개 떴다는 이야기 알고 있나? 그러면 지구는 태양 주위를 어떻게 돌까?"

"그거 들어본 적은 있는데, 잘 몰라요. 그냥 옛날 얘기인 줄 알았는데. 진짜라면 지구가 어떻게 그 주위를…. 아, 몰라요. 왜 그런 걸 물어보시죠? 천문학자예요? 요새도 천문학자가 있나?"

존은 더 묻지 않는다.

★

문이 열리자 영상에서 본 남자가 두 팔을 벌리며 최초의 언어로 존을 맞이한다.

"반갑네, 반가워. 어서 들어와."

문 안쪽은 비교적 괜찮아 보이는 응접실이다. 편안해 보이는 소파와 김이 모락모락 나는 찻잔 두 개가 놓인 탁자가 있다. 대용은 존을 소파에 앉히고 차를 권한다.

존은 대용의 얼굴을 보자 삼인방이 보여준 영상이 떠오르며 손이 부들거린다. 하지만 대용의 옆에는 로봇 한 대가 지키고 서 있다. 역시 경계하고 있는 모양이다. 존은 억지로 감정을 누른다.

"여태까지 어떻게 살아남았던 거지? 난 다시는 동류를 만나지 못할 거라 생각했는데. 아, 기다리게 했던 건 미안해. 내가 요새 좀 틀어박혀 지내는 바람에 보고가 올라오는 데까지 시간이 좀 걸렸어."

"똑같은 방법으로. 세대가 바뀔 때마다 이곳에서 저곳으로 떠돌며 살았지."

존은 미리 정해둔 대로 대답한다. 답이 길어지면 이곳 물정을 잘 모르는 티가 날 수 있다. 대용은 웃음을 보인다.

"그렇군. 그나저나 이름이 뭐지?"

"존."

"흔한 이름이군. 난 대용일세."

"알고 있어. 이 근방에서 그 이름을 모를 수는 없지."

"그런데 왜 이렇게 늦게 찾아왔지?"

"알잖아. 동류와 함께 지내는 게 그다지 내키지는 않았어."

대용은 크게 웃는다.

"역시! 우리는 각자 퍼져서 활동해야 하는 존재지. 아아, 옛날 생각이 나는군. 자네는 왠지 나이가 많을 것 같은데."

"18세기쯤에 태어났다고 해두지."

"18세기? 아니야. 그보다 더 전인 것 같아. 최소한 중세 이전."

존은 말하고 싶지 않다는 표정을 짓는다. 대용은 더 캐묻는 대신 일어나 벽에 놓인 캐비닛으로 향한다. 문을 열자 칼이 두 자루 놓여 있는 게 보인다. 대용은 칼을 꺼내더니 한 자루를 존을 향해 던진다. 존은 얼떨결에 칼을 받는다. 로마 시대 군인들이 쓰던 한손검이었다.

"이건…."

"조금 싸워보면 알 수 있어. 이쪽으로 나와봐."

존이 머뭇거리자 대용은 칼을 들고 공격한다. 존은 펄쩍 뛰어 소파 옆의 넓은 공간으로 물러난다.

"그렇지. 해보자고."

대용은 생각할 틈을 주지 않고 공격한다. 베고 찌르는 공격에 반사적으로 존의 몸이 반응한다. 날아오는 칼을 칼로 쳐내자 대용이 외친다.

"이봐, 이건 귀한 골동품이라고! 조심히 다뤄줘!"

죽일 듯이 공격하면서 어쩌라는 거지? 존은 생각하며 역으로 공세에 나선다. 서서히 몸이 풀리면서 한동안 잊고 있던 검술이 저절로 나온다. 대용은 신이 난 듯이 소리친다.

"그렇지!"

"잘하는군!"

"오호, 이 동작은?"

대용이 잠시 물러서서 숨을 헐떡이며 말한다.

"18세기 같은 소리 하네. 로마군에도 있었으면서."

"미안. 아무도 믿기 어려워서."

존은 땀이 난 이마에 들러붙은 머리를 뒤로 쓸어넘긴다. 그 모습을 본 대용이 의아한 표정을 짓는다.

"잠깐만! 어디서 본 얼굴인데? 혹시 나랑 마주친 적이 있지 않나?"

존은 흠칫 놀란다. 대용의 눈이 커진다.

"그때! 그리스!"

그리스? 무슨 뚱딴지같은 소린지 알 수 없다. 그리스라니…, 언제…. 하지만 존의 머릿속에 떠오르는 기억이 있다. 그 몸놀림과 칼을 쓰는 기술이….

"아, 아르케실라오스?"

"맞아! 그런 이름을 쓴 적이 있었지. 그때 웬 멍청이 궤변론자를 죽이러 갔다가 자네를 만났어. 그렇지?"

"하, 하지만…."

"아, 이 외모 때문에 그러는군. 난 로마 이후로 점점 동쪽으로 갔어. 동아시아에서 몇백 년을 살았더니 이렇게 되더군. 대용은 지금 쓰는 이름이라네."

외모가 주변인에 맞게 변한다는 건 존도 안다. 다만 이런 급격한 변화를 처음 볼 뿐이다.

대용이 칼을 어깨에 걸치며 짝다리를 짚고는 고개를 흔들며 말한다.

"사실 그때 보고 헤어졌으면 잊었을 수도 있는데, 사실 20세기에 한 번 더 봤어."

"나를?"

존은 금시초문이다.

"섀플리와 커티스의 대논쟁 자리에서 봤지. 그때 거기 있었지? 나와 달리 자네는 외모가 크게 변하지 않았더군. 그래서 알아봤어. 아는 체를 하지는 않았지만 말이야. 뭐, 그 뒤에도 전쟁 때 군 홍보 기사에서 우연히 본 적이 있긴 해."

대용은 존의 얼굴을 이리저리 쳐다보며 계속 말한다.

"아직 그때와 얼굴이 비슷해. 긴 머리와 수염만 자르면 말이야."

존은 놀란다. 그때 그리스에서 봤던 아르케실라오스가 프톨레마이오스의 우주를 구현하려 한다고? 믿을 수가 없었다.

대용은 존의 표정에서 무언가를 읽은 듯하다.

"이봐, 만약 나를 죽이러 온 거라면 칼을 들고 있는 지금이 기회야."

대용이 존을 향해 칼을 겨누며 말한다.

존은 칼과 대용을 번갈아 쳐다본다. 존이 칼을 떨어뜨린다.

대용은 여전히 칼을 겨눈 채 존을 향해 다가온다. 그러더니 자신의 칼을 낮춘 뒤 바닥에 떨어진 칼을 집어 들어 함께 캐비닛 안에 다시 넣어둔다.

"휴우, 이 귀중한 칼에 이빨이 다 나갈 뻔했네."

대용이 다시 소파에 앉는다. 존도 마주 앉아 찻잔을 든다. 대용이 의미심장하게 웃으며 말한다.

"그래, 놈들이 뭐라고 하면서 날 죽이라고 하던가?"

그 생각을 하자 의지와 관계없이 아랫배에서 불덩이가 치솟는 느낌이 든다. 존은 이를 악물며 말한다.

"당신이 가상현실로 사람들을 세뇌해 프톨레마이오스의 우주를 실현하려 한다고."

대용이 껄껄 웃는다.

"크으, 어처구니가 없군. 그래, 자네는 거기에 속아 넘어갔다는 말인가?"

"어쩔 수 없어. 본능이잖아. 당신이 강연하는 영상까지 보여줬다고."

"지금 그런 건 얼마든지 만들 수 있어."

존도 안다. 그래서 확인해보고 싶었던 것이다.

★

존은 대용에게 그동안 있었던 일을 이야기해준다. 어쩌다 보니 한참 과거 이야기까지 하게 되면서 며칠 정도를 대용과 보낸다. 사실 그 시간이 나쁘지는 않다. 옛날 이야기를 하며 웃고 떠들기도 한다. 존보다 한참 어렸던 삼인방과는 할 수 없었던 이야기다. 어쩌면 미셸은 나이가 꽤 많았을지도 몰랐지만.

"죽었는데, 놈들이 찾아서 깨웠다고? 흠, 내가 자네 이야기를 한 걸 언젠가 듣고 찾아낸 건가? 그나저나 대단한걸? 코드가 삭제되지 않고 있었나 보군."

"내가 코드라니 그 말이 사실인 건가? 시뮬레이션?"

"아니, 그건 몰라. 다만 우리가 할 수 있는 최선의 추측이 그거인 건 맞아."

"그렇다면 정말로 우리와 인간, 이 우주 전체가 그저 컴퓨터 프로그램일 뿐이라는 거로군. 실재가 아닌 거야."

존이 읊조리자 대용이 쾌활하게 웃으며 존의 어깨를 두드린다.

"이봐, 자네는 전에도 그러더니 아직도 존재론적인 고민에 쉽게 휩싸이는군. 그런 건 염두에 두지 말아. 아무려면 어때? 그냥 지금의 감각에 집중해. 그거면 된 거라고. 저 밖에 신이 있다고 한들 결코 알 수 없는 거라면 신경 쓸 필요가 없다네."

"가상현실 속의 인간처럼?"

"그렇다고 할 수 있지."

"당신은 가상현실 속의 인간에게 아무런 동정을 느끼지 않나?"

"그 사람들은 최선의 선택을 했을 뿐이야. 지금 우리는 자동화된 로봇을 이용해 온난화를 되돌리려고 무던히 애를 쓰고 있다네. 성공할 때까지만 견디면 돼."

그리고 존은 가장 궁금한, 중요한 것을 묻는다.

"그자들의 목적은 뭐지? 왜 날 깨워서 당신을 죽이라고 보낸 거야?"

"그놈들은 미쳤어."

대용이 얼굴을 찡그리면서 내뱉는다.

"어떻게?"

"내가 사람들을 세뇌해서 우주를 옛날 이론처럼 만들려고 한다고 했지? 사실은 그 반대야."

"그자들이 프톨레마이오스의 우주를 만들려고 한다고?"

"아니, 그건 아니고."

대용이 다시 웃는다.

"그러면?"

"대논쟁 이후 우주에 수많은 은하가 있다는 게 정설이 되면서 기분이 어땠나? 혹시 충동이 예전보다 줄어들지 않았어?"

"사실 그랬어."

존은 인정한다.

"나도 마찬가지야. 그놈들이 자네에게 알려준 우리의 소명에는 한 가지 틀린 점이 있어. 그게 내 이론이야. 우리는 무조건적인 확장을 원하지 않아. 나는 시간이 흐를수록 무조건 넓은 우주를 바라는 충동이 줄어들고 더욱 정교하고 아름다운 이론에 끌리게 되었네. 아마 자네도 죽어 있지 않았다면 그랬을 거야. 그리고 어느 정도 우주가 커지고 재미있는 우주론이 정립되면 우리는 그 이상의 무분별한 확대를 막아야 한다는 충동을 느껴. 우리의 역할은 우주가 커지게 하는 데만 있지 않네. 너무 커지는 것 또한 막아야 해. 즉, 적절한 속도로 우주론이 발전하도록 조절하는 거야. 우주론의 형성을 연구하는 신이라면 응당 그렇게 설계하지 않았겠나? 우주가 갑자기 너무 커져버리면 시뮬레이션에 부담이 될 테니까."

그건 처음 듣는 이야기다. 존의 충동이 수그러든 게 아니라 반대쪽으로 가고 있었다고?

"그걸 어떻게 알지? 혹시 그 뒤로는 더 커진 우주론을 주장하는 사람들을 죽였나?"

"아니, 그 정도까지 가지는 않았어. 하지만 지금은 항상 그 충동에 휩싸여 있지."

"누구 때문에? 지금은 과학자도 거의 없다던데."

"바로 그놈들."

"그놈들?"

"나를 죽이려는 놈들!"

존이 의아한 표정을 짓자 대용이 설명한다.

"그놈들은 시뮬레이션을 이용해 다중우주를 만들려고 하고 있어!"

"다중우주라면…."

"그래. 이런 우주가 하나가 아니라 여러 개, 아니 가능성 있는 경우의 수만큼 무한정 있는 우주 말이야."

지금 우주도 인간으로서는 상상하기 어려울 정도로 큰데, 그런 게 무한히 있다고? 존은 정신이 아득해진다.

"그런 것도 가능하단 말인가?"

"안 될 것 없잖아. 다중우주가 가설로만 남았던 이유가 뭐겠어? 증명이 불가능하다는 거야. 우리는 다른 우주로 건너갈 수도 없고, 다른 우주와 정보를 교환할 수도 없어. 증명이 불가능하기 때문에 예전에 가설로만 존재했을 때는 신경 쓸 필요가 없었어. 그런데 가상현실에서는? 다중우주의 증거가 될 수 있는 현상을 만든 뒤에 그걸 이론적으로 설명해내기만 하면 돼. 완벽하지는 않아도 될 거야. 물론 어려운 일이긴 하지. 그래도 거기는 물리학자 출신도 있으니."

"프리드만!"

"그래. 그 알렉산더란 녀석이 꽤 잘나가는 과학자였지. 보통 우리는 역사에 이름을 남기지 못하는데 말이야."

"맙소사."

"어때? 왠지 마음에 안 들고 기분이 안 좋지 않나? 마치 예전에 고루한 자들을 봤을 때처럼?"

존은 고개를 끄덕인다. 그런데 의문이 생긴다.

"그런데 그자들은 우리 동류인데 어째서 그런 생각을 할 수 있는 거지?"

대용은 불쾌한 표정을 지으며 답한다.

"나도 확실히는 몰라. 녀석들은 거의 태어난 지 얼마 안 됐거든? 특히 그 미셀이라는 녀석은 21세기에 태어났어. 아주 어리지. 어쩌면 뒤에 태어난 녀석들일수록 버그가 쌓여서 이상해진 건지도 몰라. 확실히 나와 다르긴 했어. 자네나 나는 첫 번째 세대니 아마 원래 코드를 그대로 유지하고 있을 거야. 하지만 그 뒤로는 코드를 복제할 때마다 변화가 조금 생길 테니 오랫동안 그 변화가 축적되면 오류가 생기는 게 아닌가 싶어."

대용은 머리를 긁적이며 덧붙인다.

"아, 놈들에게도 이유는 있어. 놈들의 꿍꿍이를 알게 된 뒤에 들었지. 뭐랄까, 신을 만나보고 싶다는 거였어."

"신?"

"그래. 이 시뮬레이션을 만든 존재 말이야. 하여튼 다중우주를 구현해서 시뮬레이션에 무리를 주게 되면 개발자가 개입하지 않겠냐는 거야. 빌어먹을, 그게 말이 되는 건지…."

이 우주가 담긴 시뮬레이션의 창조자를 만나보고 싶어서라고? 존의 정신은 더욱 어질어질해진다. 도대체 죽어 있던 동안 무슨 일이 벌어진 거지?

"한 가지 걸리는 건 말이야…."

대용이 턱을 주무르며 말한다.

"뭐지?"

"날 죽이겠다는 계획이 상당히 허술하단 말이야. 자네가 마음을 바꾸면 어떻게 될 줄 알고…."

"그자들은 방법이 이것밖에 없다고 했어."

"그렇게 어수룩한 놈들은 아니야. 뭔가 다른 꿍꿍이가 있을 것 같아서 전체적으로 경계를 늘리고 주변 감시를 철저히 하라고 지시해두었어."

대용이 다시 멍하니 있는 존의 어깨를 툭 치며 말한다.

"생각 같아서는 자네가 다시 돌아가서 그놈들을 죽여주면 좋겠어. 날 죽이는 데 성공했다고 거짓말을 하고 말이야. 아니, 셋이라 곤란하려나…."

대용은 자기가 말해놓고도 말이 안 된다고 생각하는지 중얼거린다. 애초에 그자들은 존이 돌아온다는 생각조차 하지 않고 있을 것이다. 귀환 계획 같은 건 세우지도 않았고, 존 역시 그런 생각은 전혀 없었다.

"누구의 말을 믿어야 할지 모르겠군."

"응? 뭐라고?"

"양쪽이 서로 다른 이야기를 하고 있으니 누굴 믿어야 할지 모르겠어. 혼란스럽군."

대용이 몸을 일으킨다. 존이 고개를 들어 대용을

바라본다. 대용은 문을 향해 걸어간다. 지금까지 심각한 이야기를 나누고도 걷는 동작은 여전히 경쾌하다. 그 위로 아르케실라오스의 모습이 겹쳐진 채 떠오른다.

"그럼 가보겠어?"

"어딜?"

"우리 가상현실 안으로. 들어가보면 내가 그 안에서 사람들을 세뇌하고 있는지 알 것 아닌가?"

"내가 그 안에 들어간 사이에 내게 무슨 짓을 하려는 건지 어떻게 알지?"

"이봐, 내가 자네를 제압하거나 죽이려면 로봇 몇 대만 부르면 돼. 굳이 왜?"

"가짜로 만든 가상현실을 보여줄 수도 있잖아."

존은 이제 모든 것을 의심하고 있다. 대용이 황당하다는 표정을 짓는다.

"자네가 올 줄 어떻게 알고 그걸 만들어둬? 오히려 그놈들이 보여준 게 가짜일 가능성이 크지. 오랫동안 준비할 수 있었을 테니까."

그 말이 옳다.

존은 대용과 함께 가상현실에 접속한다.

# 4

 존은 어느 방 안에서 눈을 뜬다. 옆을 보니 실제와 똑같은 대용이 있다. 방 안에 거울이 있어 쳐다보니 처음 보는 남자가 있다.
 "자네 모습을 스캔한 적이 없어서 기본 아바타 중 하나로 했어."
 삼인방과 함께 처음 접속했을 때도 그래서 아주 낯설지는 않다.
 대용을 따라 건물을 나서자 평범한 거리가 나온다. 21세기의 일상적인 풍경. 죽 늘어선 상점과 인도를 따라 볼일을 보러 다니는 각양각색의 사람들. 도로에는 버스와 트럭, 승용차가 줄지어 다닌다.

둘은 잠시 길을 따라 걸어간다. 대용은 존이 눈에 보이는 광경을 받아들일 때까지 기다린다. 조금 걷자 넓은 공원이 나온다. 밝은 낮이지만, 많은 사람이 가족, 친구, 애완동물과 즐거운 시간을 보내고 있다.

"가만있자, 이 사람들이 우주에 관해 어떻게 생각하는지를 알려면 그냥 아무나 붙잡고 물어봐야 하려나? 안 될 건 없지만, 뜬금없을 텐데. 아, 그놈들의 가상현실에서는 사람들에게 우주에 관해 물어본 적이 있어?"

생각해보니 가상현실 안에서는 그런 적이 없다. 그 밖에서는 사람을 만나지 못했고.

존은 고개를 젓자 대용이 코웃음을 친다.

"뭐야, 제대로 알아보지도 않았구먼. 음, 원한다면 여기서 아무나 붙잡고 물어봐도 되고, 아니면 학교로 가거나 책 같은 걸 찾아보자고. 잠깐, 그런데 지금 학교가 열었으려나…."

대용이 두 손을 허리에 올린 채 두리번거린다. 이리저리 옮겨 다니던 대용의 시선이 갑자기 존에게 와 멈춘다. 대용의 표정이 심상치 않다.

그때 존도 어딘가 이상함을 느낀다. 눈앞이 두 개로 보이듯이 흐려진다.

"자네 왜 그래?"

살면서 어디서도 받아보지 못한 기묘한 느낌이다. 흐려지던 시야가 다시 맑아진다. 괜찮아졌다 싶었는데, 대용은 경악하고 있다. 대용의 시선은 존의 옆을 향하고 있다. 존이 고개를 돌리자 그곳에 누군가 있다. 존의, 정확히는 존이 쓰는 아바타의 얼굴이었다. 존은 흠칫 놀라서 옆으로 한 걸음 물러난다.

"어떻게 된 거지?"

"자네가 복제됐어. 뭔가 이상이 생겼나?"

복제인간은 미동도 없이 서 있다. 두 사람이 의아해하는 사이에 복제인간이 흐릿해지더니 곧 둘로 변한다. 그리고 다시 넷으로….

복제된 아바타 중 하나가 움직이기 시작하더니 공원 벤치에 앉아서 책을 읽는 여자 한 명에게 다가간다. 여자가 고개를 들어 아바타를 보자 아바타는 오른손을 뻗는다. 오른손은 아무 저항도 없이 여자의 가슴으로 들어간다. 마치 귀신이 사람의 몸을 통과하듯이. 하지만 여자는 순간 고통스러운 표정을 짓더니 그대로 쓰러진다.

"이런 빌어먹을!"

대용이 외친다. 그와 함께 이미 수가 기하급수적으로 늘어나고 있는 존의 아바타가 사방팔방으로 달려가기 시작하고 공원은 순식간에 난장판이 된다. 사방에서 비명이 난무한다. 어떤 아바타는 순간이동을 하듯이 어디론가 사라진다.

처음 보는 기괴한 장면에 존은 어찌해야 할 줄을 몰라 허둥지둥댄다. 대용이 존의 팔을 붙잡고 말한다.

"놈들이 바이러스를 풀었어! 빨리 여기서 나가야 해!"

대용이 로그아웃 명령을 외치자 순간 모든 게 깜깜해지더니 다시 가상현실 밖에서 깨어난다. 대용은 재빨리 접속기 의자에서 튀어 나가 컴퓨터를 붙잡는다.

"망할 놈들! 뭔가 다른 수작을 부릴 줄 알고는 있었지만…."

존이 다가가자 대용이 존을 힐긋 쳐다보며 말한다.

"놈들이 자네 머리에 바이러스 코드를 숨겨놨어. 시체를 되살리면서 조작했나 보군. 우리 가상현실에 접속하면 튀어나와 무한증식하면서 그 안의 사람들을 죽이고 다니도록 말이야."

존은 가슴이 철렁 내려앉는다.

"나, 나는…."

"알아. 자네는 몰랐겠지. 아마 처음부터 이걸 노렸을 거야. 내가 오해를 풀겠다고 자네를 가상현실로 데려갈 거라고 생각한 거야."

대용은 전화기를 들더니 누군가에게 빠른 말투로 이런저런 지시를 내린다.

"가상현실에서 죽으면 어떻게 되는 거지? 접속만 끊긴다면…."

"지금 죽은 사람들은 모두 뇌사 상태에 빠지고 있어. 만약 여기 있는 500만 명이 모두 죽어버리면, 놈들은 그쪽 가상현실만 가지고도 마음대로 우주를 만들 수 있는 거야."

"가상현실 접속을 모두 끊어버리면 안 되나?"

존이 다급한 마음에 묻는다.

"그게 그렇게 간단하지 않아. 무작정 끊어버릴 수는 없어. 완전히 그 안에서만 사는 사람의 경우 가상현실과 뇌는 단순히 신호만 주고받는 것보다 더 긴밀하게 연결되어 있다고. 일단 우리 인공지능하고 프로그래머들이 바이러스를 최대한 막아볼 거야."

존이 할 수 있는 일은 없다. 한동안 대용은 여기 저기 전화하고, 컴퓨터를 두들기느라 바쁘다. 존은 이게 자신의 책임인 듯하여 옆에서 전전긍긍하고만 있다.

한참을 정신없이 분주하던 대용이 두 손으로 머리를 감싸 쥐며 중얼거린다.

"빌어먹을…."

그러더니 벌떡 일어나며 존에게 말한다.

"정말 마음먹고 준비한 모양이야. 컴퓨터 자원을 이쪽으로 거의 전부 할당했는데도 간신히 버티는 게 고작이야. 그사이에 최대한 많은 사람을 살려서 빼내야 해. 따라와."

대용이 가상현실 접속실을 나간다. 존이 뒤를 따른다. 시설 전체의 지휘소 역할을 맡고 있는 건물인데, 이런 비상 상황에서도 건물 안은 한산해 보인다. 인력으로 돌아가는 곳이 아니기 때문일 것이다. 존은 여전히 이런 분위기가 낯설다.

대용이 존을 데리고 간 곳은 중앙제어실이다. 기술자로 보이는 남녀 몇 명이 얼빠진 표정으로 컴퓨터를 두드리고 있다가 대용을 보자 존이 알아듣지 못하는 언어로 정신없이 말을 건다. 대용이 이들을 진정시켜 보지만, 존이 보기에 별 효과는 없는 것 같다.

"저기 좀 앉아서 기다리게. 아무것도 만지지는 말고!"

대용이 빈 의자 하나를 가리키며 말한다.

존은 무력함을 느끼며 시키는 대로 한다. 벽을 뒤덮고 있는 스크린에서는 알 수 없는 그래프와 숫자, 지도 따위가 시시각각으로 변하고 있지만, 존은 일이 어떻게 돌아가고 있는지 전혀 알 수 없다. 대용은 이마에서 땀을 흘리며 분주하게 뭔가를 들여다보고 지시를 내린다. 살아오면서 모든 사람의 관념을 바꿀 수 없다는 현실에 무력함을 느끼고 좌절했던 경험은 수도 없이 많았지만, 지금처럼 아무것도 모르는 어린애가 된 기분은 처음이다.

몇 시간이 흘렀을까…. 갑자기 스크린 하나가 붉은색으로 점멸하며 시끄러운 소리가 울린다.

모두 얼굴이 흙빛으로 변한다. 얼굴이 시뻘게진 대용도 스크린에 뜬 지도를 보며 큰 소리로 뭐라고 외친다. 지도 위에는 점들이 깜빡거리며 움직인다.

대용이 존을 향해 고개를 까딱인다. 존은 일어서서 대용의 옆으로 간다. 대용이 존을 향해 말했다.

"놈들이 미사일을 쐈어."

존이 벌떡 일어난다.

"뭐라고?"

"우리 쪽 자원이 가상현실 쪽으로 쏠리면 공격할 심산이었던 거야."

"그럼 어떻게 되는 거지?"

"전쟁이지. 이미 우리 방어 시스템이 자동으로 작동을 시작했어."

"나도 나가서 싸우겠네."

존이 굳은 표정으로 말한다. 전쟁을 일으키기 위한 도구로 쓰여서 기분이 몹시 좋지 않다. 삼인방에 대한 분노가 치솟아 오른다. 어느 쪽의 말이 옳은지는 일단 뒷전이다. 일단 끓어오르는 화를 가라앉혀야 할 것 같다.

"자네는 여전히 충동이 강하군."

대용이 엷은 미소를 띠며 말한다.

"전쟁이 일어났다고 해도 우리가 할 일은 거의 없어. 미사일과 무인기가 모두 인공지능의 전략, 전술 알고리즘에 따라 움직이지. 우리는 그저 지켜볼 뿐이야."

존은 지도 위에서 시시각각으로 움직이는 점과 기호, 그 옆에 떠 있는 여러 가지 수치와 그래프 따위를 바라본다. 돌아보니 대용뿐만 아니라 그곳에 있는 사람들 대부분 손을 놓고 화면만 멀뚱히 쳐다보고 있다.

이건 존이 아는 전쟁이 아니었다. 전쟁을 일으키는 몇 명의 위정자에게는 언제나 그랬을지 모르지만, 이런 건 상상도 한 적이 없다. 인간이 직접 수행하지 않는 전쟁이라니.

그러나 역시 죽어 나가는 건 인간이었다. 다른 스크린의 숫자를 본 대용의 얼굴이 일그러진다.

"큰일이야. 곧 남은 수가 저쪽과 비슷해지겠어."

그건 지난 몇 시간 사이에 가상현실에서 100만 명 이상이 죽었다는 소리다. 묘하게도 그 수치는 그다지 감흥을 불러일으키지 않는다. 전장에서는 한 명 한 명을 살리는 게 그렇게 힘들었는데, 순식간에 100만 명이 죽어 나갔음에도 어딘가 비현실적이다. 스크린만 쳐다보고 있으면 모든 게 시뮬레이션이나 마찬가지다. 정말 모든 게 시뮬레이션이라서 그런 걸까? 이렇게 아무렇지 않아도 괜찮은 건가? 저 밖에서 쳐다보고 있는 신에게도 그저 수치에 불과한 거겠지.

끝내 참지 못한 존은 대용의 팔을 붙잡고 말한다.

"나를 보내줘."

대용이 의아한 표정을 지으며 묻는다.

"뭐라고?"

"내가 책임지겠어. 나를 다시 그쪽으로 보내줄 수 있나? 삼인방을 막아보겠어."

대용이 어이없다는 표정을 지으며 고개를 젓는다.

"말도 안 되는 소리 마. 기다려 보라니까. 원래는 우리 방어 시스템이 더 강해. 그래서 함부로 덤비지 못했던 거지. 아무리 우리 자원이 100퍼센트가 아니라고 해도 아직은 유리해."

그 말이 끝나자마자 외부에서 폭음이 들리며 건물이 크게 흔들리며 천장에서 시멘트 조각이 떨어진다. 사람들이 비명을 지르고, 몇 명은 의자에서 바닥으로 떨어진다. 존과 대용도 비틀거리다가 간신히 균형을 잡는다.

"이런, 방금 한 말이 무색하게…."

한 번 더 건물이 흔들린다. 이번에는 조금 멀었는지 아까보다는 약하다. 하지만 스크린을 지켜보고 있던 몇 명이 대용의 눈치를 보다가 밖으로 도망쳐 버린다. 그 모습을 본 몇 사람이 더 뒤따라 도망친다. 대용은 그 모습을 보기만 하고 아무 말 않는다.

"이 사람들은 군인이 아니야. 뭐라 할 수 없지."

"기다리면 어떻게 되는 거지?"

"우리 미사일도 몇 개 저쪽에 떨어졌어. 저쪽이라고 무작정 피해를 감수할 수는 없지. 서로 적당히 피해를 입으면 그만둘 거야."

"그냥 그건가?"

"응?"

"그냥 그렇게 또 대치한다고?"

"방법이 없어. 상호 전멸할 게 아니라면."

전멸은 이쪽에 더 빨리 찾아올 것처럼 보인다. 가상현실의 인구수가 절반으로 줄어들자 분위기가 무겁게 가라앉는다. 아직 제어실에 남아 있는 사람 일부는 울음을 터뜨린다. 그 안에 가족이나 친구도 있을 것이다.

존은 초조해진다. 인구수에서 크게 밀리면 삼인방이 세상을 마음대로 조작할 수 있게 된다고 하지 않았나? 존이 대용을 쳐다본다. 대용은 피가 날 정도로 입술을 깨물고 있다.

누군가 다가와 대용에게 보고한다. 표정이 좋지 않다. 대용은 고개를 절레절레 젓는다. 스크린에 떠 있는 가상현실 세상의 인구수는 더 빨라지지는 않았어도 꾸준한 속도로 줄어든다. 세계 인구의 몇 퍼센트를 차지하면 세상을 조작할 수 있는 걸까? 70퍼센트? 80퍼센트? 그건 그자들도 모른다고 했다. 사실 존은 아직까지도 그 가설을 완전히 믿지는 않고 있다. 그러나 대용의 표정을 보면 단순히 거짓말을 하는 건 아닌 것 같다.

가상현실의 인구수가 줄어드는 속도가 더 빨라지고 있는 느낌이 든다. 존이 슬쩍 쳐다보니 대용의 얼굴이 사색이 되었다가 곧 다시 평온해진다. 뭔가 결심한 모양이다.

"가상현실을 포기해야겠어."

그러고는 누군가를 불러 지시를 내린다. 지시를 받은 사람은 놀란 표정을 짓지만 대용이 단호하게 말하자 고개를 숙이고 물러난다. 머뭇거리고 극렬히 거부하는 사람도 있자 대용은 모두 물리치고 직접 다가가 컴퓨터를 조작한다.

"인공지능 자원을 모두 군사용으로 돌렸네. 총공격을 할 거야. 저쪽 가상현실을 완전히 파괴하는 수밖에 없어."

대용이 굳은 목소리로 말한다. 아무리 현실처럼 느껴지지 않는다고 하지만 존은 놀란다.

"그러면 다 죽는 것 아닌가? 전부? 인류의 멸망을 이야기하는 거야?"

"다는 아니야. 가상현실이 멸망한다고 해도 아직 지구에는 100만 명이 넘게 남을 거야. 인류를 재건하는 데는 충분해."

존은 근대 이후 처음으로 직접 신에게 외친다. 이봐, 보고 있나? 보고 있으면 뭐라도 해야 하는 것 아니야? 하지만 아무런 답은 없다.

"그건 우리가 그동안 만들어온 우주 역시 날아가 버린다는 뜻 아닌가? 이게 시뮬레이션이라는 너희들 말이 옳든 틀리든 내가 알던 우주는 이제 끝이 나는 거잖아! 아니면, 다시 수천, 수만 년을 기다리라고?"

"어쩔 수 없네."

대용은 단호하다.

"젠장, 날 보내달라고! 난 그따위 세상을 보고 싶은 게 아니야. 가서 녀석들하고 끝장을 보든지 죽든지 하겠어."

대용은 한숨을 쉬고는 누군가를 호출한다.

"좋아, 좋을 대로 해. 그런데 지금은 갈 방법이 딱히 없어. 배를 타고 갈 수는 없는 노릇이고. 곧 출격할 무인전폭기 중에 탑승석이 있는 게 아직 몇 대 있는데, 그걸 타고 가. 적당한 곳에서 비상탈출하면 낙하산을 타고 내려갈 수 있을 거야. 하지만 경고하겠는데, 높은 확률로 가는 도중에 격추당할 거야."

"감수하겠어."

대용은 호출을 받고 온 남자에게 지시를 내린다. 그 남자는 황당하다는 표정으로 존을 바라보다가 고개를 흔들며 존에게 따라오라고 손짓한다.

★

 몇 시간 뒤 존은 헬리콥터를 타고 비행장에 도착한다. 그곳은 주요 공격 목표인 듯 벌써 몇 군데 파괴당한 흔적이 보인다. 남자는 시동이 걸린 비행기 한 대에 존을 태운다. 그리고 헬멧을 씌우고, 몸짓으로 탈출장치 작동법을 알려준 뒤 가버린다.

 존은 혼자 남는다. 조종장치를 건드리지 않도록 주의한다. 아까부터 끓어오르는 감정 때문에 몸을 주체할 수가 없다. 잠시 억지로 마음을 다스리는 사이에 비행기는 스스로 이륙 준비를 한다. 모든 게 알아서 움직인다는 게 아직은 신기하다.

 활주로에 올라선 비행기는 아무 경고 없이 가속을 시작한다. 예상치 못한 급격한 가속에 존은 깜짝 놀란다. 숨을 쉬기 어려워진다. 바깥도 캄캄해 존은 오로지 몸으로만 비행기의 가속을 느낀다. 그런데 생각보다 가속이 심하다. 웬만한 사람보다 상당히 강한 존의 몸으로도 버티기 어렵다. 존은 어쩔 줄 모르고 당황하다가 정신을 잃고 만다.

# 5

"존? 존!"

귓가에서 누군가 부르는 소리가 들린다. 대용이다.

"존!"

"왜, 왜 부르지?"

존이 무의식적으로 대답한다. 그러고 나자 자신이 정신을 잃었다는 기억이 난다.

"아, 깨어났군. 이야기해주는 걸 깜빡했어. 그건 무인기라 유인기보다 가속을 심하게 하거든. 어쨌든 조심하라고."

존은 그제야 정신을 차리고 주위를 둘러본다. 비

행기는 여전히 날아가고 있었고, 밖에는 아무것도 보이지 않는다. 계기판은 아무리 들여다봐도 무슨 뜻인지 알 수 없다.

"여기가 어디지?"

존이 묻자 헬멧을 통해 대용의 답변이 들린다.

"북해를 지나가고 있어. 조심해. 곧 요격이 시작될 테니까. 조심하고 싶어도 할 수 있는 건 없지만."

"당신은 어디 있지? 제어실에 있나?"

존이 묻자 대용이 웃는다.

"아니야. 나도 비행기를 타고 자네 뒤를 따라가고 있네. 우리 가상현실은 완전히 끝났어. 500만 구의 식물인간만 통 속에서 둥둥 떠다니고 있지. 아, 내가 사이코패스인 건 아니야. 나도 미쳐버릴 것 같아서 절박한 마음에 이러고 있는 거니까."

존은 말없이 한숨을 쉰다. 대용은 쉬지 않고 떠든다.

"나도 내가 왜 이러는지 모르겠군. 어쨌든 이 세상이 멋대로 바뀌지 않게 해야 하는 강박이 있는 것 같아. 망할 놈의 신 녀석. 이쯤 되니까 나도 그놈들처럼 신이란 작자를 한번 만나보고 싶군. 왜 우리에게 그런 귀찮은 임무를 줘서 힘들게 하냐고 따지고 싶어."

존은 머리가 가렵지만, 헬멧 때문에 긁을 수가 없다. 갑자기 신경질이 나기 시작한다. 깜깜한 밖을 내다본다. 간혹 반짝이는 불빛이 지나가는 모습이 보인다. 미사일인가?

갑자기 계기판에서 경고음 같은 게 울리기 시작한다. 존은 당황한다.

"이게 뭐지?"

존이 중얼거리자 대용이 말한다.

"꽉 잡아. 요격이 올 거야."

비행기가 급격하게 왼쪽으로 쏠린다. 존은 목이 꺾일 뻔한다. 다시 숨이 가빠지고 몸이 괴로워진다. 어디선가 기관총을 쏘는 듯한 소리도 들린다. 숨을 쉴 수 없게 되면서 존은 정신이 나갔다 돌아오기를 반복한다. 가뜩이나 어두운 시야가 더욱더 어두워진다.

"히, 힘들군…. 놈들이 세상을 바꾸는 걸 막으려면 시간이 얼마나 남았지?"

"모, 몰라. 아무리 가상현실이라고 해도 모두를

세뇌하려면 시간이 꽤 걸리겠지만, 미리 작업을 다 해두었다면 언제 바뀌어도 이상할 게 없어. 저번에 달을 두 개로 만들 때도 그랬지."

산소 부족 때문인지 존의 머리가 몽롱해진다.

이제는 시야가 오히려 밝아지고 있다. 위쪽을 보니 하늘이 하얗게 빛나고 있다.

환각을 보고 있는 건가….

이번에는 몸이 왼쪽으로 세게 치우치더니 마치 거인이 손으로 자신을 좌석에 짓누르는 느낌이 든다.

다시 눈을 뜨니 이번에는 하늘이 분홍색이다. 아니, 하늘이 아니라 땅인가? 존은 정신을 차릴 수가 없다.

"시작이다!"

대용의 목소리가 귓가에 울린다.

"북쪽을 봐!"

북쪽이 어디지? 존이 왼쪽을 바라보니 믿을 수 없는 광경이 보인다. 바다 저 멀리 광휘에 둘러싸인 거대한 나무가 보인다. 존은 눈을 비비고 다시 쳐다본다. 거대한 나무가 우뚝 서 있다. 뿌리가 어디 박혀 있는지는 보이지도 않는다. 세상을 떠받치고도 남을 것처럼 굵은 줄기를 따라 시선을 옮기느라 존의 몸이 불편하게 구부러진다.

나무 위쪽은 줄기에 어울리게 굵고 긴 가지가 무성한 숲을 이루고 있었다. 그 숲은 가장자리로 갈수록 점점 옅어지면서 푸른 하늘로 이어진다.

하늘을 받치는 나무?

존은 자기도 모르게 벌떡 일어선다. 순간 실수를 깨닫지만, 어찌 된 일인지 존은 우뚝 설 수 있다. 존은 주위를 둘러보고 깜짝 놀란다. 주위는 대낮처럼 밝다. 스산한 극지의 낮도 아니다. 태양이 머리 꼭대기에서 내리쬐는 듯이 밝고 하늘은 청명하다.

아래가 흔들리면서 존이 비틀거리다 주저앉는다. 존은 다시 한번 깜짝 놀란다. 어느새 존은 비행기가 아니라 거대한 새를 타고 있다. 불타오를 듯이 새빨간 깃털이 존의 다리를 감쌌다. 존은 떨어질세라 깃털을 세게 붙잡는다. 옷도 처음에 입고 있던 비행복이 아니다. 처음 보는 옷을 입고 있다. 그나마 '바람' 시절에 초원을 달릴 때 입었던 옷이 가장 비슷하다.

얼굴을 스치는 바람이 상쾌하다. 존은 다시 정신이 맑아지는 것을 느낀다.

"이봐, 이거 보이나?"

대용의 떨리는 목소리가 들린다. 헬멧도 없는데 어디서 들리는지 알 수가 없다. 공간 전체가 울리는 것만 같다.

"그래. 이게 무슨 일인지 모르겠군."

"나도 그래. 놈들의 계획이 성공한 걸까? 우리 세상이 다른 세상으로 변한 건가?"

존이 대답하기 전에 존이 탄 불새가 새된 소리를 내며 하늘로 솟아오른다. 존은 깃털을 꽉 붙잡는다. 커다란 창 몇 개가 아래쪽으로 스쳐 지나간다.

전방에 괴비행체 몇 대가 나타나 빠르게 다가온다. 사자의 머리에 박쥐의 날개를 한 괴조다. 그 위에는 청동 인간이 한 명씩 타고 있다. 청동 인간이 존을 향해 창을 던진다. 불새가 왼쪽으로 한 바퀴 구르며 창을 피한다. 다시 똑바로 선 존의 손에도 언제부터인지 창이 들려 있었다. 존은 적을 향해 창을 던진다. 괴조 한 마리가 끔찍한 소리를 내며 청동 인간과 함께 지상으로 추락한다.

다른 두 마리가 선회하여 뒤쪽에서 다가온다. 존이 뒤를 향해 창을 던지지만, 모두 피해버린다. 존이

어떻게 해야 하나 난감해하고 있는데 청동 인간이 던진 창이 날아온다. 불새는 날개를 말며 신기한 기동을 펼쳐 보인다. 어느 새 존의 손에는 또 창이 들려 있다.

"이것 참 묘하군."

존이 중얼거리며 괴조 한 마리를 또 떨어뜨린다. 하지만 나머지 한 마리가 존의 바로 옆에 나타나 창을 겨눈다.

그 순간 청동 인간이 입을 벌려 기괴한 소리를 내더니 괴조의 등에서 떨어진다. 그리고 그 너머에서 대용이 나타난다. 고대 중국의 무사 같은 옷을 입은 대용은 오색 깃털과 긴 꼬리를 가진 새를 타고 있다.

"어때? 멋지지 않나?"

대용이 활을 들어 보이며 웃는다.

"이게 어떻게 된 일인가?"

"나도 몰라. 하지만 저놈들이 세상을 이상하게 주무르고 있다는 건 확실해!"

한 무리의 괴조가 또 다시 덤벼온다. 두 사람은 정신없이 맞붙는다. 청동 인간 하나가 펄쩍 뛰더니 불새의 등에 올라탄다. 존은 육탄전을 벌인다. 주먹으로 얼굴을 한 대 때리자 오히려 주먹에 통증이 온다. 존은 교묘하게 거리를 두다가 등 뒤로 돌아간 뒤 청동 인간의 목을 비튼다. 존이 떨어져 나온 청동 인간의 목을 던져 버리자 몸뚱이가 힘없이 아래로 추락한다.

대용도 수없이 많은 괴조를 떨어뜨린다. 어느새 대용은 화살을 서너 개씩 매겨서 쏘고 있다. 치열한 공중전의 틈바구니를 벗어나자 마침내 푸른 대지가 보인다.

"저기다!"

대용이 외친다. 지금 여기서 푸른 대지라는 건 말이 안 되지만, 존은 의문을 품는 게 아무 소용이 없다고 느낀다. 둘의 생각을 읽은 듯이 새들이 고도를 낮추기 시작한다.

★

지상에 가까워지자 기다렸다는 듯이 화살과 창이 빗발치듯 날아온다. 새들이 그 틈새를 절묘하게 파고든다. 존과 대용은 창과 화살을 날려 지상에 무리 지어 있는 청동 인간과 청동 짐승을 쓰러뜨린다.

하지만 중과부적이다.

"놈들은 더 동쪽으로 가야 있을 거야!"

존이 대용을 쳐다본다. 그 짧은 시간 동안 대용의 모습이 변한다. 대용은 어느새 구릿빛에 황소 같은 뿔이 달린 투구를 쓰고 호랑이 가죽으로 만든 옷을 입고 있다.

"어이쿠, 내가 언제 이렇게 됐지?"

이해할 수 없다는 말과 달리 대용이 두 팔을 크게 휘두르자 지상에 안개가 휘몰아치기 시작한다. 짙은 안개가 감싸자 청동 인간과 청동 짐승이 어쩔 줄을 모르고 우왕좌왕한다.

"존!"

존의 손에는 번개 모양의 창이 들려 있다.

이건 또 뭐야.

생각할 겨를도 없이 존의 팔에 힘이 솟구쳐 오른다. 자기도 모르게 벽력같은 소리를 지르며 창을 휘두르자 마른하늘에서 벼락이 떨어진다. 한순간에 지상의 병력이 모두 쓸려나간다.

두 사람은 다시 동쪽으로 전진한다. 새들의 속도는 기이할 정도로 빨라 순식간에 목적지가 보인다.

존이 떠나기 전에 봤던 삭막한 건물이 아니다. 연한 황갈색 돌로 지은 그리스풍의 신전 같은, 다만 규모는 훨씬 거대한 건물이 서 있다.

"저기를 파괴해!"

존은 다시 한번 번개창을 휘두른다. 하늘이 우르릉거리며 번개가 신전 위로 내리꽂힌다. 하지만 신전에서 거대한 황금독수리가 날아오르며 번개를 막아낸다.

"방해하지 말라고!"

황금독수리에 탄 라홀이 큰 소리로 외친다. 상반신을 벗고 구릿빛 피부를 드러낸 라홀은 목에 독사를 감고 있다.

"그만둬!"

대용이 라홀을 향해 말한다.

"어림없는 소리!"

라홀이 두 사람을 향해 독사를 던진다. 독사가 날카로운 이빨을 드러내며 날아온다. 대용이 일갈하며 활을 당기자 화살이 날아가 독사를 꿰뚫는다. 라홀이 오른쪽으로 크게 선회한다. 대용이 그 뒤를 쫓는다.

존은 다시 번개창을 휘두르려 하지만 불새가 괴성을 지르며 몸을 비튼다. 그 바람에 존은 발을 헛디뎌 아래로 떨어진다. 떨어지며 보니 불새의 배에는 은빛 도끼가 박혀 있다. 존은 허공에서 균형을 잡아 두 발로 착지한다. 해놓고도 자신이 어떻게 했는지 알 수가 없다.

"이봐, 작전에 성공한 건 좋지만, 다시 돌아올 것까지는 없었다고."

소리가 들리는 곳을 바라보니 철갑으로 중무장한 알렉산더가 시커멓고 우람한 말을 타고 존을 내려다보고 있다. 기분 때문이 아니라 알렉산더는 이전보다 훨씬 더 우람한 몸집이다. 타고 있는 말 역시 괴물에 가까울 정도로 크다. 알렉산더가 말을 타고 달려오며 도끼를 휘두른다. 존은 몸을 날려 간신히 도끼를 피한다.

알렉산더가 껄껄 웃으며 외친다.

"어때? 지금 이 모습이? 왜 우리와 싸우려 드는지 이해할 수 없군. 우리 계획은 성공했어. 지금 네가 보고 있는 이 기묘한 모습은 다중우주가 실현됐다는 증거야. 인류가 상상했던 모든 세상, 모든 우주가 실제가 된 거라고!"

존은 하늘을 힐긋 바라본다. 대용과 라훌이 어지럽게 얽혀서 싸우고 있다. 하늘에는 태양이 일곱 개 떠 있다. 대용은 라훌과 싸우며 틈틈이 태양을 화살로 맞혀 하나씩 떨어뜨리고 있다. 태양이 떨어질 때마다 지평선 너머에서 불길이 치솟는 게 보인다.

"글쎄? 내가 보기에는 시뮬레이션이라는 게 그저 미쳐 돌아가고 있는 것 같은데?"

"네가 뭘 안다고!"

알렉산더가 도끼를 던진다. 도끼는 존의 얼굴을 스치고 날아가 땅에 박힌다. 알렉산더는 장검을 꺼내 들고 달려든다.

이제 존은 늑대 가죽을 뒤집어쓴 채 커다란 흑곰 위에 올라타 있다. 손에 들려 있는 건 날카로운 흑요석 검이다.

정말 미쳐 돌아가는군.

존이 장검을 피하고 알렉산더를 찔렀지만, 철갑에 막힌다. 존이 탄 곰이 앞발로 말의 머리를 후려치자 알렉산더가 휘청이다가 땅에 떨어진다. 존은 재빨리 내려가 철갑의 사이에 난 틈으로 흑요석 검을

밀어 넣었다. 하지만 알렉산더가 몸을 비틀자 검이 부러지고 만다.

다시 일어선 두 사람은 숨을 헐떡이며 서로 노려본다.

"미쳤군, 미쳤어. 도대체 뭐 하자고 이런 짓을 벌이는 건가?"

존이 외친다.

"못 들었어? 우리는 신을 만날 거야. 이건 신의 개입을 촉구하는 시위라고!"

등 뒤에서 미셸의 목소리가 들린다. 미셸은 존의 등을 붙잡고 하늘로 날아오른다. 알렉산더가 개미처럼 보일 때까지 솟아오른 미셸은 존을 그대로 내던진다. 존은 팔다리를 허우적거리며 추락한다.

"존!"

대용이 외치며 존을 향해 화살을 날린다. 그 틈을 타 라훌이 대용을 덮친다. 존은 날아오는 화살을 붙잡느라 그 뒤에 어떻게 되는지를 보지 못한다. 존은 화살을 붙잡고 날아가 신전 지붕에 내려앉는다. 등에서 하얀 천사의 날개가 솟아난 미셸이 존을 향해 단검을 연달아 날린다. 존은 단검을 피한 뒤 하늘에서 대용을 찾아본다.

하늘에는 아직도 서너 개의 태양이 떠 있어서 눈이 부시다. 햇빛도 너무 강해 존은 더위를 느끼고 곰 가죽을 벗어던진다. 미셸이 다시 존을 덮치려고 날아온다. 존은 도망치는 척하다가 몸을 돌려 오히려 미셸의 등 위로 올라탄다.

"이거 놔!"

누군가 미셸과 뒤엉킨 존을 스치며 땅으로 떨어진다. 자세히 보니 라훌이다.

"대용!"

대용이 날아온다. 존은 미셸을 발로 차며 뛰어올라 대용의 새 위에 올라탄다.

"우리 머리 위에 있는 태양을 떨어뜨려!"

존은 그렇게 말하며 지상을 내려다본다. 대용이 고개를 끄덕인다. 대용이 화살 다섯 개를 먹여 천장 부근에 있는 태양을 향해 쏜다.

한동안 아무 변화가 없는 듯하더니 조그만 태양이 점점 커지기 시작한다.

"피해!"

대용이 새를 몰고 하늘 높이 올라간다. 미셸이 비

명을 지르며 지상으로 급강하한다. 떨어지는 태양을 막아보려 하지만 가까이 다가가자 강렬한 열기에 하얀 깃털이 까맣게 타버린다. 태양이 신전 근처에 떨어지고, 세상을 모두 불태워버릴 듯한 불길이 치솟는다.

★

불길은 점점 더 넓게 퍼져간다. 신전뿐만 아니라 모든 것을 삼켜버릴 기세다. 새는 뜨거움을 견디지 못하고 점점 위로 올라간다.

"이제 된 건가?"

존이 나직한 목소리로 묻는다.

"몰라. 이제 다중우주를 믿는 사람이 없어진다고 해도 우주가 다시 돌아간다는 보장은 없지. 그냥 이런 혼돈의 상태가 계속될지도 몰라."

"이런 신화적인 세계가?"

"어쩌면 예전에는 정말 이런 신화적인 세계가 존재했던 것 아닐까? 신화란 사실 역사였을지도."

이제 아무것도 모르겠다. 존은 생각한다.

그때 불길 속에서 미셸이 알렉산더를 붙잡은 채 튀어나온다.

"이놈들!"

미셸이 카랑카랑한 목소리로 외친다. 미셸이 알렉산더를 집어던지자 알렉산더가 검을 겨눈 채 날아온다. 순식간에 벌어진 일이라 대용은 피하지 못한 채 그대로 알렉산더와 충돌한다. 검은 대용의 배를 꿰뚫는다.

"대용!"

대용은 알렉산더를 힘껏 움켜잡은 채 지상으로 낙하한다.

"이런 지독한 놈들!"

존이 새를 몰고 다가가 날개가 시커메진 미셸에게 달려든다. 존과 미셸은 서로 뒤엉켜 싸우며 점점 하늘 높이 올라간다. 새는 그 주위를 나선으로 맴돌며 따라온다. 끝도 없이 올라가는 동안 세상은 또 변하기 시작한다. 하늘의 색이 변화무쌍하게 바뀌며 태양과 달과 별이 마음대로 자리를 바꾸며 움직인다.

"네가 만들어놓은 이 꼴을 봐! 이건 내가 추구하던 조화로운 우주가 아니야!"

존이 미셸에게 호통친다.

"조화로운 우주라면 신은 만족해버리고 말겠지.

이렇게 뒤죽박죽으로 만들어야 비로소 우리를 쳐다 볼 거라고!"

미셸이 외치며 존의 팔을 뒤로 꺾는다. 존은 힘을 주어 막은 뒤 미셸의 검게 탄 날개를 힘껏 잡아 뜯는다. 미셸이 비명을 지르며 힘을 빼는 순간 존은 재빨리 뒤로 돌아가 미셸의 목을 조른다. 발버둥 치는 미셸의 힘이 점점 빠져간다.

미셸이 혼돈에 빠진 하늘을 쳐다보며 중얼거린다.
"보고 있는 거라면 제발 모습을 좀 보여…."

미셸이 날갯질을 멈춘다. 둘은 뒤엉킨 채 떨어지기 시작한다. 새가 다가오자 존은 미셸을 놓고 새로 옮겨탄다. 미셸은 아직도 불길이 가시지 않은 지상을 향해 떨어져 내려간다. 위에서 내려다본 지상은 이미 형체를 찾기 어렵다. 대용과 알렉산더 역시 어떻게 되었는지 전혀 알 수 없다. 존은 잠시 새를 타고 하늘을 배회한다. 불길이 곧 수그러들지만 무슨 일인지 땅은 천천히 허물어지고 있다. 바닷물이 지상으로 흘러들어오는데 바닷물 역시 존이 알던 물이 아니다. 물이라기보다는 정체를 알 수 없는 혼돈의 유체 같다.

존은 하늘을 바라본다. 변화무쌍하던 하늘도 어느덧 차분해지고 꼭대기에는 강렬한 빛을 내는 태양이 떠 있다. 눈이 부신 줄도 모르고 태양을 가만히 바라본다. 태양은 커다란 불덩어리 같기도, 불새 같기도, 불의 수레바퀴 같기도 하다. 이제 어떡하지? 존은 무의식적으로 그쪽을 향해 새를 몰아간다.

다시 지상을 보자 이제는 바다와 땅의 구분도 모호하다. 문득 떠올라 북쪽을 보니 거대한 나무는 여전히 광휘를 띠고 있다. 시야 한구석에서 뭔가 움직이는 것 같기에 재빨리 고개를 돌리니 지평선 아래에서 거대한 뱀이 천천히 떠오르고 있다. 존이 넋을 잃고 바라보는 동안 뱀은 천천히 하늘을 떠받치는 나무 주위를 돌기 시작했다.

갑자기 모든 게 우스워진다. 혹시 저 혼돈의 땅 아래에는 거대한 거북이라도 있는 걸까?

이렇게 된 이상 그 신이라는 게 있다면 한번 보고 싶다는 생각이 든다. 만약 있다면 저 하늘 너머 어딘가에 있지 않을까?

하늘은 말로 형언할 수 있는 색을 띠고 있다. 하지만 이 세상을 바라보는 눈 같은 건 어디에도 보이지 않는다. 존은 수레바퀴처럼 사방으로 햇살을 내뿜고 있는 불덩어리를 향해 무작정 올라간다.

그 밝은 빛으로 감추고 있기라도 한 거냐?

몸이 점점 뜨거워지고 눈이 부셔 점점 앞이 보이지 않지만 존은 무작정 새를 재촉한다. 뜨거운 열기가 참을 수 없을 지경이다. 호흡은 가빠오고 눈은 떠도 아무것도 보이지 않는다. 이미 눈이 먼 것 같기도 하다.

존은 멈추지 않는다. 태양이 코앞에 있는 것 같다.

존은 의식을 잃는 순간까지 의미 모를 괴성을 지르며 끝까지 돌진한다.

어느 순간 하늘과 땅이 소리 없이 폭발한다.

## 에필로그

존은 눈을 뜬다.

파란 하늘이 보인다. 등 뒤는 포근하고, 바람은 살랑살랑 불어온다. 기분은 좋다.

존은 몸을 일으킨다. 몸에는 가죽으로 만든 조악한 옷을 두르고 있다.

무슨 엄청난 일을 겪은 것 같은데 기억이 어렴풋하다.

신을 만나려 했었지.

그랬나?

그래서 만났나?

모르겠다.

생각을 할수록 기억이 점점 더 멀어졌다.

존은 일어서서 주위를 둘러본다. 키 작은 풀로 덮여 있는 초원이다. 앞쪽에는 호수가 있고, 그 옆으로는 꽤 울창한 숲이 있다.

여기가 어디지?

존은 걷기 시작한다. 새 한 마리가 휙 하고 날아간다. 처음 보는 새다. 호수를 향해 걸어가는데, 어딘가 느낌이 이상하다. 걷는 감각이 달라져 뒤를 돌아보니 웬 꼬리가 보인다. 뭔가 해서 몸을 돌리는데 꼬리도 자꾸 옆으로 사라진다. 손으로 엉덩이를 더듬자 꼬리가 만져진다.

꼬리?

뭔가 이상함을 느낀 존은 비로소 자기 몸을 둘러본다. 손도 이상하다. 손가락이 네 개뿐이다. 얼굴도 만져보니 어딘가 다른 것 같다.

서둘러 연못으로 달려가 물가에 얼굴을 비춰본다. 맙소사, 눈이 세 개다. 이마에 모양이 다른 눈이 하나 더 있다. 얼굴도 짧은 털로 덮여 있다.

내가 원래 이랬던가?

하지만 자신의 다른 모습은 떠오르지 않는다.

호수에서 물을 먹던 짐승들이 존을 무심하게 바라본다. 모두 처음 보는 짐승이다. 녀석들도 이마에 눈이 하나씩 더 있다.

존은 벌떡 일어서서 세상을 샅샅이 살핀다. 하늘에는 작은 태양이 두 개 떠 있다. 아니 세 개다. 지평선 근처에 작은 반원 모양인 태양이 하나 더 있다. 분명 달은 아니다. 지평선도 이상하다. 멀리 갈수록 땅이 위쪽으로 솟아오르는 느낌이다. 설마 땅이 오목하게 파여 있는 걸까?

존은 이 낯선 모습과 환경에 커다란 충격을 받는다. 그러나 한편으로 자기도 모르게 이 세상이 어떻게 생겼을까 하는 호기심이 인다. 존은 몇 시간 동안 정신없이 배회하며 혼란스러운 마음을 진정시킨다.

정신을 차리고 보니 존의 눈 앞에 마을이 나타난다. 나무와 흙으로 지은 기초적인 집과 화덕, 생활에 필요한 여러 가지 도구가 보인다. 마을에는 존과 똑같이 생긴 생명체가 있다. 존은 이들이 가죽이나 먹을거리를 손질하는 모습, 불을 피우는 모습, 도구를 만드는 모습, 한가롭게 노닥거리는 모습을 한참 동안 몰래 지켜본다.

그리고 마침내 결심한 듯 몸을 일으킨다.

존, 아니 아직 이름이 없는 자는 천천히 마을을 향해 걸어간다.

〈끝〉

**작가의 말**

 고도의 가상현실이나 시뮬레이션 우주 같은 소재는 마법과 같은 도구라는 인식이 내게는 있었다. 아주 좋은 의미에서 그렇게 생각했던 건 아니다. 드래곤과 엘프와 도깨비와 뱀파이어가 등장하는 세계를 그려놓고 나중에 가서 시뮬레이션이었다고 해버리는 것처럼 뭐든 다 SF로 만들어버리는 도구가 될 수 있겠다는 생각이었다. 정말 말도 안 되는 세계를 그리고 싶은데 현실 세계의 법칙을 멋대로 깨뜨리고 싶지는 않을 때 쓰면 얼마나 편리하겠는가. 물론 끝은 대체로 허망하겠지만(깨어나보니 꿈이었네, 젠장).

그런데 이 이야기에서 시뮬레이션 우주를 사용한 게 바로 그것 때문이라는 점을 고백해야겠다. 이 이야기의 출발점은 "우주와 인류를 시뮬레이션 하는 존재의 목적은 무엇일까?"가 아니었다. 원래의 발상은 "과학이, 좀 더 정확하게는, 실험이나 방법론이나 제도 같은 게 아닌 자연 법칙 그 자체가 정말 사회적으로 구성된다면 어떨까?"였다.

처음에는 생물학, 화학 같은 다른 분야도 다루려고 했지만, 어려워서 포기하고 우주론에 집중했다. 그러고도 우주가 사회적으로 구성되는 물질 세계를 떠올리기가 너무 어려워서 고민하다가 시뮬레이션 우주를 가져오고 말았다(거 봐, 역시 편리하다니까).

그리하여 지금과 같은 이야기가 탄생했다. 나로서는 최선이었으니 부디 허망한 이야기로 끝나지 않기만을 바랄 뿐이다.

고호관

# dot.21
# 저 밖에 신이 있다고 한들

**초판 1쇄 발행**　2025년 9월 10일

**지은이**　고호관
**펴낸이**　박은주
**디자인**　김선예, 이다솔, 이수정
**마케팅**　박동준

**발행처**　(주)아작
**등록**　2015년 9월 9일 (제2023-000057호)
**주소**　10542 경기도 고양시 덕양구 청초로 19
　　　　아이에스비즈타워센트럴 A동 707호
**전화**　02.324.3945-6　　**팩스**　02.324.3947
**이메일**　arzaklivres@gmail.com
**홈페이지**　www.arzak.co.kr
**ISBN**　979-11-6668-821-8　04810
　　　　979-11-6668-800-3　04810 (세트)

ⓒ 고호관, 2025

책 값은 표지 뒤쪽에 있습니다.
잘못 만들어진 책은 구입하신 서점에서 교환해 드립니다.